乔典运全集

别无选择

书信·未竟稿卷

乔典运 著

河南文艺出版社
·郑州·

图书在版编目(CIP)数据

别无选择／乔典运著. -- 郑州:河南文艺出版社,2025.5.
--（乔典运全集）. -- ISBN 978-7-5559-1779-3

Ⅰ.I217.2

中国国家版本馆 CIP 数据核字第 2025TU1169 号

总 策 划　　许华伟
选题策划　　陈　静
责任编辑　　陈　静　张　娟
责任校对　　樊亚星
装帧设计　　吴　月

出版发行　　河南文艺出版社
社　　址　　郑州市郑东新区祥盛街 27 号 C 座 5 楼
承印单位　　郑州新海岸电脑彩色制印有限公司
经销单位　　新华书店
开　　本　　700 毫米 × 1000 毫米　1/16
印　　张　　19.25
字　　数　　223 000
版　　次　　2025 年 5 月第 1 版
印　　次　　2025 年 5 月第 1 次印刷
总 定 价　　980.00 元(全 7 册)

印厂地址　　中国河南省郑州市管城回族区南曹街道金岱工业园鼎尚街 15 号
邮政编码　　450000　　电话　18695899928

乔典运（1929.3—1997.2），河南省南阳西峡县五里桥乡人。当代著名作家，曾任河南省作家协会副主席，南阳市文联副主席、南阳市作协主席,西峡县文联主席。国家有突出贡献专家，河南省优秀专家。

1955年开始发表作品，共计二百余万字。代表作有短篇小说《满票》《村魂》《冷惊》等，中篇小说《黑洞》《小城今天有话说》等，长篇小说《金斗纪事》《命运》，其中《满票》荣获第八届全国优秀短篇小说奖。多篇作品被译成英、德、日、法、阿拉伯文。

乔典运（右）与段荃法，1966 年摄于平顶山

省城开会。左起：南豫见、涂白玉、乔典运、杜道恒、王国全、夏挽群、李栓成，前蹲者为李佩甫，右蹲者为王亚飞。1980 年代初摄于郑州

丁玲（前排右八）与文学讲习所第五期学员，第二排右五为乔典运。1980 年夏摄于北京

乔典运（中）与文学讲习所同学贾大山（左）、韩石山（右）相聚五台山。1991 年 8 月摄

汪曾祺、林斤澜、张一弓、乔典运（右起）在作品研讨会上。1980 年代初摄于北京

陈建功、张一弓、汪曾祺、乔典运（右起）一起开会。1980 年代初摄于北京

作家段荃法（后排左二）、张宇（前排左三）到访南阳，与乔典运（后排左三）、周同宾（前排右一）、田中禾（前排左一）、李克定（前排左二）、殷德杰（前排右二）等文友相聚。1986 年 4 月摄

乔典运、叶文玲、王鸿生、孙荪（左起）同游富春江。1987 年 10 月摄

登武当山。前面是作家王钢，后面是评论家刘思谦，乔典运在中间。1993 年 8 月摄

乔典运（左）与刘思谦在西峡灌河边。1993 年 8 月摄

乔典运、王秀芳、南丁、二月河（左起）在西峡老界岭。1993 年 8 月摄

全国文学创作西峡笔会期间，乔典运夫妇（右一、二）欢迎从北京来的周明、阎纲、杨子敏（左起）到家中做客。1993 年 8 月摄

乔典运（左）与企业家孙耀志（中）、作家廖华歌（右）在西峡老界岭。1995 年 5 月摄

乔典运（右）与王桂芳在西峡老界岭。1995 年 5 月摄

乔典运（后排右）与周大新（前排左一）、秦俊（前排左二）、周同宾（前排右二）、孙幼才（前排右三）、李克定（前排右一）等人参加内乡笔会。1993 年 6 月摄于宝天曼

晒太阳。1995年春，乔典运第一次手术出院后摄于家中

身体康复中的乔典运在桃园散步。1995年春摄

一个乐观主义者。1996 年夏，乔典运第三次手术出院后摄于家中

不停笔，继续创作。1995 年春摄于家中

友情战胜癌症。乔典运第二次手术出院，从郑州返回西峡途中，与南阳作家群相聚。右起：周同宾、孙幼才、二月河、乔典运、李成军、王遂河、兰建堂、秦俊、周熠。1995 年 12 月摄于南阳宾馆

身患重病的乔典运，还有许多未了的心愿与计划。1995 年 12 月摄

目　录

书信
一至九十一

书信·未竟稿卷

××及××：

先问新年好！

闲来没事，给你们画几句，谈谈心。

先给你们报告个坏讯：我那户口之事又吹了。难！我们写稿，是研究社会和人的，可是，我们非常、完全不了解社会和人，所以办不了事。这次西峡批了十四户三十多人，大的比我家孩子大，小的比我家孩子小，唯独咱的不中！有权的有物的，才报上去不久就批了。唉，怨哪个龟孙？怨咱一无所有！

我在家闲坐，不想写，没激情。不过，倒也忧愁不多。想开了，就自在。接南阳来信，《躬耕》已定，郑为主任，高为副主任。不知何时发刊？我们都是南阳人，还要扶持一二才好。不论谁干，风波不会少了，我等全不为念，一年送上一两个稿子，尽尽心意为要。地方刊物难办，再加成了公开的，约稿就更难了。内部时，登了还可外投，现在不中了。拙作《欢乐的失眠》，广州寄了一百零八元。地区刊物不可能这么办。但我辈还要以友情为重，一定要拿出力作，支持创刊号办得好一点。

以后我铁定了心，不再出门开会办事，来来去去没一点意思。你们身在南阳

书信一

重镇,处在闹市闹事之中,定不断有高见,望能及时告知一二。

代向二位夫人致以节日贺意。

祝好!

典运

一九七八年元月三日

××：

近来身体可好？甚念。

一是懒，二是没值得相告的东西，故一直没去信，请谅！

听说，文艺上又有新政策了，盼能告知一二。你该怪我老爱打听新政策。说真的，不是爱，而是怕，有怕才爱呀！唉，咱们的工农业产品数十年丝毫也不变样，可咱们的政策却是日新月异变换无穷！咱们的产品要像政策一样年年月月出新，那该多好！反过来，政策要像产品一样老不变化，又该多美！可是，这都是废话或是坏话！

近来没写什么，读读书，看看报，打算近期去全县各公社走走看看，重新认识生活，然后再写点什么！我们这个大队没法说，到新环境去汲取点新思想新素材。上个月，给《莽原》寄去个中篇，不知死活，可能是废纸一堆。

寄上相片一张，供填发会员证用。

何时下来深入深入，帮助帮助我们？

祝好！

典运

一九八〇年三月二十二日

书信二

书信三

××同志:

天冷了,近来身体可好?甚念。

电影剧本已改完,珠影的导演和编辑已带上剧本回厂了。他们说,很满意,没问题,保证拍。我送他们走时,只说了一句话:"中不中没关系,只当我生了一个月病!"因为我知道制片厂的话变化性很大。这次所以答应,只是因为我和他们厂长的私交甚厚,他亲自打了两次长途电话给我,为了报答知己之情,则不得已去广州,才不得不答应下来,好在时间不长,如真能拍成,当然也是一件好事。

歇两天,我准备动手写个中篇,能否写好,只有等写完后才知道!

文艺上有什么新精神?望抽空告知一二!

祝全家新年愉快!

典运

一九八〇年十二月二十五日

××同志：

别后可好？念念。

珠影转来你给我的信，虽然咱们已见过面了，可我还觉着想给你写个信！

我回来有十天了，什么也没干，一个字也没写，也没去城里，一直在家里休息。从去年春天到现在，一直不死不活，时时刻刻都觉着疲劳，精力不济，很有人之将死的味道。对于治病，也没劲，反正"人总是要死的"，毛主席早就这样教导过我们了，何苦去违背这个规律！

这两年写稿太少了，倒读了一些刊物，对自己的创作也回头看了看，找了找自己上不去的病根。我的自我感觉是眼睛有病，别人睁开眼看见一大片，我却只能看见一条线（只注视到干群关系）。这本来就狭窄了，却窄中又窄！尤其只注视着老年人，却又不会写各种各样的老年人，只会戴着老花镜写老男人！结果越来越把自己逼到了比独木桥还窄的"独立丝"上了！可叹！可悲！待我意识到这一点时，好像为时已经晚了。一切都要从头开始！从头去熟悉，去研究，去思考！不过好的一点是，总算找到了病。是不是这个病，你这位眼观六路、耳听八方的"大

书信四

夫"发表一点高见,给我开个起死回生的妙方吧!

　　乡里今年收成不如往年,因为下了冰雹,不过也会比学大寨时强!

　　何时下来走走?

　　祝夏安!

　　　　　　　　　　　　　　　　　　　　典运

　　　　　　　　　　　　　　　一九八一年四月二日

书信五

××同志：

近来可好？寄来的书和信均收到，谢谢！

有幸和你相处一段，实在高兴。你给我留下了美好和难忘的印象。我这个人是一个顽固的农民，对任何人不千岁不万岁，狭隘、保守、固执，缺点很多。在广州你可以看出来，很少和人接触，谁有权有威我离谁远一点。我不想也没本事成名成家，自甘堕落，反正是快死的人了，何苦去仰人鼻息！这都是我处处失意落魄的原因吧！

你是个有才华的青年，将来定有成就，最可贵之处是不狂！这一点使我佩服！使我愿意结交你！我见过一些青年，稍露头角就不可一世，像"假如我有一支枪""你知道我是谁吗"，太可悲了！这次咱们算见了世面，应当从 × 的身上得出教训！

你最近在写什么？一定会有佳作吧！我回来后一直病，中西药都吃，还不见轻，大概快完蛋了！完了也好，省却许多烦恼！

写了这些不伦不类的话，可知我的生命已没章法了！

谢谢你寄书来，你的守信用使我感动！

祝全家好！

乔典运

一九八一年四月二十三日

××：

身体还好吧！

谢谢你寄来的书！向你表示祝贺！我知道出个书不容易,真不容易！不知你自我感觉如何？我感到了写稿之难,简直是在拼命挣扎！

书信六

我今年写了几个稿,写完后放放再看,我差点气哭了！太不成样了！一篇一篇都撕了,擦包①了！根本拿不出手！目前,我正在苦恼,思考,找落后的原因！我真正怀疑自己了,怀疑自己的立场、感情、文思、表现能力,怀疑自己是不是这块料！再加上身体不好,今年恐怕要颗粒不收了！

原来秀芳讲,今年七月鸡公山有个笔会,我是不想去的。现在倒又想去了,去了可在大家中泡泡,受点启发,开开窍,或许还有一线希望！你如见到她,可把我这点愿望告诉她！

我去了一趟广州,失望大于希望。电影剧本虽已发表,但还要改。去了就病,修了一稿,人家说进展不大,现在本子交给了导演王为一,让他去改了。目前,他

① 擦包:豫西南方言,指用作厕所手纸。

正在改。结果如何？老天爷知道。花城出版社答应给我出个集子，系"潮汐丛书"第三辑，说七月发稿，谁知有没有变化？往坏处想想吧！

你又在写什么？你的功力和勤奋比我强多了。我们同时代的几个人，只剩下你了，希望你能成为我们的代表！

祝全家夏安！

典运

一九八二年六月十一日

书信七

××、××：

来信收读，勿念。

春节即将到了，给你和××拜个早年，祝你们在新的一年里创作丰收，万事如意！

建堂要剧本，本应寄去，可是我连一本也没有。如不急，三月份《银幕剧作》出来后，寄来样刊时，一定给你一本。如着急用，可先去地区文化局找一本，当时给他们五本，每个局长一本，王科长一本。

这些天我在家闲坐，给人家硬挤了两个短篇，昨日才寄出，大概不中的可能大。不知咋搞的，这一阵子创作欲望不大，不想写时再好的材料也写不成！

克定一定又写了不少吧！

下一步想写个中篇，有个材料不错，可总是没劲。珠影又约我把《小猫不知人间事》改成电影，看看吧，中篇写不成了，改电影也行，闲着也是闲着嘛！

另外告诉你们个好消息，我不抓创作了。这几年我抓创作没抓出一点成绩，还抓来了不少意见，我的嘴不主贵，爱说这个那个的稿子有这样那样缺点，如何如何不中，结果惹得人不高兴！我做了检讨，请免我此职，局领导也开恩答应了，以后创作叫文化馆抓了。

代问同宾好，他在《人民文学》上发的稿我读了，不愧他是学问家。

祝节日愉快！

典运

一九八三年二月二日

书信八

××同志：

春节将到，给你和半个老乡拜年，祝你们在新的一年里身体健康，万事如意！

来信拜读，你说的极是，再不好好干，可真对不起地委的领导。不过，越急着写反而越写不好，元月写了两个短篇，都是败笔，极不满意。今年打算深入下去，到各公社走走。农村变化很大，不论从哪一方面讲，都在变化之中，老的眼光看农村的人和事不中了。各种人都在起新的变化，一定要重新熟悉生活才行。所以打算今年要下去，不上去。

你问电影《灯》的事，剧本改名为《华灯初上》，已发《银幕剧作》第二期，三月份可出来，小样已寄来了。拍不拍，尚未最后定，估计问题不大。春节后他们党委才能定下来。另外，他们又约我把《小猫不知人间事》也改成电影剧本，我还在犹豫之中。如果决定《灯》拍了，我就改《小猫》，否则不干，不能再搞无效劳动了。

省里在搞机构改革，你不会有变动吧？你说可能下来走走，欢迎之至！望来信给打个招呼，我一定奉陪到底！

祝全家愉快。

典运

一九八三年二月八日

书信九

××同志：

春节好！向你拜个晚年！

年前收到你寄来的黄花菜，我高兴，孩子们更是欢欣不已，因为他们才读了你的《头条新闻》，认为你是个大作家，忽然之间收到了你寄来的礼物，你可想而知他们的心情了！

大作我读了两遍，真不错。不知贵县有何评论？只要这样干下去，爱说闲话搬弄是非的人就会闭上嘴巴！《人民日报》登了几篇文章，说社会上有人患"红眼病"，见人家干出点成绩就眼红，拿了点钱更眼红，恨不得吃了你。你的处境大概也如此吧！但我想，假如你写不出东西，别人就不眼红了吗？同样眼红，会说这货为啥不写东西？总是不中！当个人就是在夹缝中生活，左不是右不是！再想想，那些仇恨别人的人，唯恐别人干点出成绩的人，不同样在气中生活吗！所以为人还是不气的好，他说他的闲话，我走我自己的路！

我没写什么，真的。大概是周期性的情绪病吧！有几个题材，自认为不错，但没有创作冲动，强写是写不出感情的。再加上为了孩子们的工作问题，跑得一肚子气,烦闷交加,难以提笔!

有机会盼来西峡玩玩。到了夏天,想约你来西峡黄石庵林场住一段,那里是避暑胜地,又异常清静,我们一同在那里住几个月,能写点东西!

祝好!

典运

一九八三年二月二十日

书信十

××老弟：

三月十六日的信读了，谢谢你通风报信！

你去北京开会之前，我曾去了一信，根据你在郑州来信看，那封信你好像没有看到。

学没考上，这我听道恒讲了。奖没评上，这出乎我意料。不过，只要干部当上了，就成了。评奖只是一时的得失，转干是终生的所得。我想，你不会背包袱的。咱们都处于底层，深知生活和生存的艰辛，只要有了根本保障就谢天谢地了。

我没写什么，不是没啥写，是不想写。我落后了，深感跟不上形势。情绪上一直不好，也不知为了什么。大概是老化吧。也不断想振奋一下，可是振不起来。小夏来信逼我，这才写了个短篇，今天才打出草稿，很不满意。找找病在哪里？我想还是怕字作怪。这一次要再从怕中解放出来，是没有那么容易了。潜在的怕，比怕挨斗更厉害。这在信上说不清，见面再谈吧，或许你可帮我从怕中解脱出来！

我在争取弄套房子，县里盖了家属房，不多，申请者数十倍于房数。不少干部已经有几处房子，却还在讨要或自己兴建。咱无力无钱无物,因为无权就有可能皆无。现在有关领导答应帮忙,要能给分一套就好了。文化局没有伙,上街连个吃饭处都没有。这还事小,要没房子,儿子找对象也难。据说最近要分了,天知道能否到手!

四月份开会,我一定去。望你也一定去,你要不去,我也不想去。去听会不是主要的,新起的作者都不是听会听出来的,那些内容报刊上都有。去,主要是想和你一块儿说说玩玩,叙叙友情,千万!

祝全家好。

典运

一九八三年三月二十一日

××弟：

来信拜读，谢谢。接信之前，就想给你去信，怕你去北京未回，故未动笔。

从郑州别后，我的心情一直不太好。次日到了南阳，就生了一肚子气。好像和你谈过，地区几次和我谈话，想叫我去地区文联。我还没答应去，可是地区文联的当权者××已经觉得我会影响他的存在了，在地区召开的第一次"清污"座谈会上，他第一个开炮，目标是我，说我在《上海文学》上发的《人和路》，是个大毒草，什么资产阶级人道主义、人性论、美化敌人等，大有一棍子把我打死之势。我怕是不怕他说，因为我的文章我知道，何况别人和领导也知道，他是醉翁之意不在酒。我得到的是同情。他呢，不达目的不罢休，在以后的历次会上，他都一口咬定这篇稿子，非置我于死地不可。我不是气他不该提批评，而是觉得人心险恶。我们相处快三十年了，过去他们闹矛盾，我从各方面和解，支持和帮助过他。仅仅为了领导有意要我去南阳，马上就变心变脸，太可怕了。为此事，地委宣传部领导专门找我谈了话，叫我别怕。我建议他们看《人和路》，他们倒很客观，说不看，说相信上

书信十一

海也在"清污"，如有毒人家会批评，不需要南阳操这个心。唉，人！

我没写什么，回来后开各样会，不开不好，人家该说咱怕了！开吧，混到哪里在哪里，那么多人没写稿子不也活了！

你考讲习所的事，我看上与不上没啥大了不起！我在讲习所时，你不是也没上吗？你今天的文章不是写得比我还好吗？大作家上过讲习所的不多，外国可能还没有这个所哩！

《桥》我拜读了，很好。真的，亏你能想得出！我看不出什么缺陷。要是鸡蛋里挑刺的话，有点想法，就是和《境界》在表现手法上有点接近，都是前半部看似真的，后半部一转没有了。这是缺点吗？可能是优点！

另，特别要告诉你的是夏挽群当了《奔流》副主任，他是个从小受欺的老实人，他连着两次来信给我，央我求你给他们个稿！此不可不考虑，请你千万恩赐一篇！你接信后可给他一稿或一信，也不亏他对你的好意和对你的尊重，切切！

祝全家好！

愚兄典运

一九八三年十二月十四日

书信十二

××：

新春又到，祝你全家节日愉快！

你的信和你叫给我的信均收读，谢谢你的关心爱护！

稿子不能如约寄上。我今年创作上一直不顺，大概又进入了徘徊时期，三心二意，思前想后，犹豫不前。一个稿子能写写撕了，写写撕了，自己不满意怎能寄出？寄出去也只能给同志们添为难。今冬想了三个中篇，也都开了几十个头，没一个自我感觉良好的。我近来读点书，发觉自己的创作思想有回潮的苗头，总是想起五十年代那种创作方法。这其中原因很多，一言难尽，只有到见面时才能说清。

反正，我每天都在努力写，哪怕是白费工也在写。我自知自己浅薄，不敢荒废一二。我相信努力不会没有一点收获，笨人也总会有个小收成吧！

你不是说过来西峡和我一块儿写一段吗？你能来最好，我们在一块儿写几个月，不仅可以就近向你请教，也可以从你身上汲取点前进的力量！

祝节日好！

典运

一九八三年腊月二十八夜

书信十三

××：

春节过得快乐吧？常常想念你！

前天杜道恒来约稿，听他讲，你没被讲习所录取，不知真假？是假，向你祝贺。是真，你可千万别背包袱，我想你也不会，因你早有思想准备嘛。再说，这几年有成就的作家，多数没进过讲习所，何苦为此多死一个细胞？这次以工代干转干，想你一定转了，有此就行了。想开一点，多少农民娃子不比你我有才华，但都可惜可怜了，你我总还混了个铁饭碗！想到此，有何不乐？

关于我去南阳之事，已做历史了。我已五十多岁，孩子都安排在西峡，老婆又没工作，还能活几天，何苦去和别人争饭碗？老百姓曰：走一处不如守一处。在西峡了此一生也就罢了。我想写东西，也不乏素材，就是少点激情，但还在驱使自己努力奋斗。我在研究一个村子，我想，今后把注意力从社会转向家庭，多写点普通人的家庭生活，你看如何？

你今年会得许多奖，我想这是一定了。祝丰收！

典运

一九八四年二月二十二日

书信十四

××：

你好！

几次来信都收读了，真叫我脸红害羞，辜负了你的期望。去冬以来，身体一直不好，每日里昏头昏脑，烧劲一直不退，去医院做了检查，也没弄清，大概是无名烧吧。稿子断断续续写了一点，还没完成不说，写了自己也很不满意。我想五月初可以寄给你看看。

去冬以来，我突然感到了老，力不从心了。你还可以吧？那么忙，还写了东西，足见你的拼命精神了。

祝全家好！

乔典运

一九八四年三月二十六日

书信十五

××：

　　你好！

　　驻马店文联叫去谈谈，说了两年，我都没敢答应。前天他们来了个人，说你在省文联开会时答应了人家，还代我答应了人家。我听了只好从命了，看你的分儿上，去丢个人吧！到时你可别不去，叫我去失望加难看！

　　我五月十三日可能去郑州，参加人代会，如那时你在郑就好了。

　　在洛阳承你高抬，实在感激不尽！

　　我答应给你们司机寄本书，早已寄去，不知收到否？

　　祝好。

乔

一九八四年五月一日

××：

近来可好！念之。

接驻马店文联电话，知你近日去那里参加他们的会，我也去陪你们，咱们又可见面了。

我本来要去郑州参加省人代会，顺道去文联参加领奖会，因会议往后拖了，故没去。你知道现在出门难，难得听说要出门先身上发麻，老了挤不动了。此情此意万望你向《奔流》编辑部代我解释一下，有什么奖品你可给我捎到驻马店，我就不往郑州去了。

代问诸位领导好！同志好！

祝安！

典运

一九八四年五月十五日

书信十六

书信十七

××老弟：

身体近来有否好转，年轻轻的就生病，说明你是劳累过度了。望你多保重，来日方长，不要一下子搞垮了身体！切切！

接到你的信没有回信，是因为小夏来信讲，你也要去淅川参加笔会，想着快见面了，我才答应小夏也去参加，谁知去后发觉你没参加，真使我的心猛一松，好不自在。在淅川九天，有齐岸青、孙方友、沙来发等，一共十二人。他们都写了佳作，我没动笔，每日里只是玩玩罢了。少了你好像心里空虚，玩着也乏味。昨天他们去丹江和武当山了，我没去，我回家来了。昨天作协来一信，叫十一月中旬去参加全省青年作家代表会，还叫三十日前把发言稿寄去。为何叫我这个老头去？我犹豫不定。如果你去，我也去。你不去我就省了。接信后速告我，你去不去。

我近来打算写点什么，短篇，精力不中，试看吧。

盼速来信。

祝好！

乔

一九八四年十月十六日

书信十八

××同志:

新年好!

到北京后就想给你们写信,可是心情一直处于激动之中,不知怎样写才能表达我的心情。在十二月二十八日的上午,胡耀邦等党和国家领导人出席了开幕式,胡启立同志受中央书记处委托向大会致了祝词,这个祝词,激动得与会的作家们热泪盈眶。党中央不仅肯定了作家队伍是一支好队伍,是完全可以信赖的队伍,还指出了过去党对文艺的领导存在的一些缺点。这使大家既感动又感激,特别是提出要给作家以创作自由,更使大家感到了我们的党更加成熟了,更加伟大了。大家一致认为这个祝词是我国文学创作进入一个新时期的里程碑,它将开创我国的社会主义文学的新局面。与会的作家们这几天一直被这个祝词鼓舞着,大家决心回去后写出更多更好的作品,不辜负党中央的信赖。

在这激动的日子里,我不由想到我们南阳。南阳有一个很好的作者群,过去曾写出过不少好作品,在这次大会的鼓舞下,未来一定会写出更多的好作品。可惜,我们的园地太少了,只有一个《躬耕》,一个《白河》。《躬耕》是双月刊,《白河》一个星期只有两版(包括"周末"在内)。自《南阳日报》复刊以来,《白河》成了团结、培养全区作者的园地,几年来,对繁荣我区文学创作,培养青年作者,都做了贡献。为了适应文学创作大鼓劲、大团结、大繁荣的需要,为了满足广大读者的爱好,《南阳日报》是不是可以把《白河》改为周三刊或周四刊? 希望能加以考虑! 我想扩大副刊版面,进一步改善和提高副刊的内容质量,无疑会受到广大读者、作者的欢迎。同时,对扩大报纸的发行也会起到好作用的。

回去再谈! 祝好!

乔典运

一九八五年元月三日夜于北京

××同志：

　　先给你和咱们的半个老乡拜年，祝你们节日愉快、幸福，玩得美，吃得香！

　　我回来后，算路不打算路来，本来满腔热血到了一百度，想多写一点捞个千元户，不能错过这个黄金时代、大好时光。谁知，事稠得比干饭还稠。每日里开会，陪客，陪笑，搞得头晕眼花，到今天为止还没动笔。过了年，下定决心还回乡里住，不能再混吃混喝了。社交比写稿还费心，何苦又何必？

　　南阳的事我已央人说了，咱不是那块料，领导信赖咱，咱就更怕，搞不好给领导招来非议，有负领导一片心，不如趁早不上树，免得来日下树！可惜，跑了和尚跑不了庙，县里又叫干什么文联主席，我还是坚决不干。我不是想当作家不肯弃文从政，我是知道自己不是当官那块料，生成不是帅才，何苦冒充光棍！今后喝稀的吃稠的听天由命算了！

　　好了，不多说了，免得误你宝贵时间！

　　代问诸位新年好！

　　祝全家节日愉快！

乔典运
一九八五年二月十三日

书信十九

书信二十

××：

　　向你拜年，祝你万事如意，在新的一年里升官发财！

　　郑州别后，到南阳又停了几天，请人说和，才不让去南阳了。说真的，没升官先想到罢官，想到那个可怕劲就索然乏味了，还是当百姓好。可惜，还没有跑开，昨天又通知叫我干县文联主席，这真是叫人啼笑皆非。昨天这一天可说是我历史上最富有的一天，上午研究决定用千分之五的指标给我升一级工资，下午批准我入党，夜里通知我去当文联主席。一天拿了三个票：钱票、党票、官票。县里许多人向我祝贺，认为三喜临门，我能说些什么？想想十几年前的我，也真值得高兴！只是文联这个事老不美气，宣传部长说，保证不叫我开会办具体事，也只好如此了。

　　接到刘国春来信，说你约了北京一批大作家去洛阳，希望我也去。住处没有困难吗？我想去又怕去，到时看吧。回来后没写什么，过年吧，反正计划和那个热劲已乱了淡了。

　　代向老全和韩书记拜年！祝节日愉快！

　　　　　　　　　　　　　　乔

　　　　　　一九八五年二月十八日

书信二十一
●

××、××同志：

近日可忙？念念。

日前托杨平捎去的酱，想已收到。是我女儿在厂里买的，前者说五角一瓶，后又变价，按内部处理四角一瓶。礼尚往来，总不会有人说七道八吧！

我今年"流年不利"，年前头上碰伤，死而复生。节后又患牙疼，割了一刀，打消炎针，谁知乡间赤脚医生消毒不严，针眼又化脓，时至今日还在疼着。前天道恒来约稿，更使我心急如焚，写不出东西比牙疼还疼！

这一年来，我一直在思考我写作的路子。我不想照着以前的视线看了，想找一个新视线，可是看什么，五花八门，总要找到自己这双老花眼能看清的东西才好。我在村里每户人家的内部关系上观察，我想从看社会矛盾转到看家庭矛盾上来，通过不同的家庭关系来反映生活。

最近，我把已了解的材料排排队，我看也怪丰富多彩的，各种各样的母子关系、父子关系、兄弟关系，也怪有意思。虽然还没构思，但我想会好坏有点收获的。只看这条新路了，有东西不一定能写好，因为我发觉我是世界上头号笨蛋！

　　最近除了因写不出稿发急以外,别的都好。《人和路》已成往事了。文化局还选我当了个模范,参加县里先进会,县里答应给解决房子,由此可见我平安了,再不努力拼命就不算个有良心的人了!

　　见了再谈!

　　祝好。

典运

一九八五年二月二十二日

书信二十二

××同志：

你好！

流年不利，那天你们送我上车，只说当天下午可到南阳，谁知一路不顺！沿途车多人挤，再加上公路上的树木要砍伐，三步一停，五步一站，一直到次日凌晨三点半才到南阳，在车上坐了十八个钟头。下次你要来南阳，千万别坐汽车，真叫人受不了。车辆堵塞，一次就是几十辆、上百辆，仅因为路上砍倒了几棵树，公路段没人管，当地政府也不理。可怕的还是沿途群众的情绪，看见汽车来了，赶快把树放倒，见堵住了车辆，那种喜劲就别提了，好像和坐车的人有什么深仇大恨！这种明显的对立情绪不知是何因形成？

拜托你一件事，请向南丁和有德致意。南丁约我谈话，我说他忙就推了，有德又送我到车站，二位的用心我都感激不尽。一路上，我心里越想越暖和，二位能如此关心我，对我来说已足够了，无言胜过有言。一个常常受人歧视的小作者，能得到这般厚待，你可想象得到我的心情了。

关于那件事，我绝不会背包袱，因为我原来就不抱什么希望，况且咱的文章也确有不到之处！这二年，上上下下给我的好处已经够多了，人不可贪心不足！福满祸来，我心里这一年来很不踏实，别出什么事就是万福了，何苦高求！乡里人说，能叫穷穷过，别叫惹了祸。对二位的用心，我当以用心写作来回报！虽才能浅薄不能给你们争光，但也决心自爱，力争不给你们脸上抹黑！这就是我对二位和你们的回敬吧！

县里在整党，每日学习，但没人叫我参加，我打算听听辅导报告算了。

对《满票》有何看法，我很想听听你和杜老师的真心话，能否把真的告诉我？我等着！

代问晓杰好！

荃法去洛阳回来了吧？这次有负他的盛情，惭愧！

祝安！

信写好未发，突然得了坐骨神经痛，去住了几天院，今天出院才发。我可能五月份去郑州开人代会，去时再详谈。

乔典运

一九八五年三月二十九日

书信二十三

××老弟:

好!知你当了干部,虽没当上官,可也总算为将来当官打下了基础,祝贺你来日高升!这一次没能上去,可能还是你没修炼到家。不过,这类事情只不过一笑而已!说真的,何苦要去当官?无官一身轻,至少在说话上也自由些,不必每时每刻吓得连一句话也不敢随便说。何况,如今官也难当,正经当难,胡球当也不容易,不如不当!这可能是我没当官,不得不阿Q一下吧!

我苦于没有才华,一肚子材料写不出东西。咋想咋不中,咋写咋不行。山穷水尽了,不是疑无路,而是真无路了。

读你的稿子,近来看了《北京文学》和《奔流》上的两篇,我心里说,你是走上正路了,不玩花招了。

我看这两篇,虽没上头条,虽《小说选刊》和《小说月报》没转,但在读者心中可能选上了,说了实话,写了实情,反正我赞成!

我从郑州开人代会回来就住了医院,无名发烧,花了不少钱,轻了点,但仍不行,每天烧得迷糊糊的,不知所以了。什么病,找不出原因,大概是"老"病!

来日不多了,多想写点啊,可又感到没技巧,这就是没文化的结果,工作上的悲剧就在这里!那个《借笑》我已写了,不知人家用否?如不用,你可按你的想法写!等信吧!北京那个稿退给我了,我又重新构思重新写了,和原来已面目全非了。

何日来西峡?光说不来乎!等你!

夏安。

老乔

一九八五年七月三日

书信二十四

××同志：

新年好！看到省文联门口的彩灯，恍然悟出又一年了。由于在这里开完会被留下写稿，竟没能按时向文友们恭贺新禧，用戏剧道白说，还望足下海涵。请接受我们迟到的祝贺！并通过你向南阳文学诸友问好！

今年的"小说创作座谈会"是同"评论座谈会"合起来开的。南丁同志以《喧闹的一九八五》为题所做的讲话《文艺报》已登了。那里边总结去年我省小说创作的大好势头，对五篇在全国引起较大反响的作品还做了评述，其中两篇是南阳的。还对李克定、殷德杰等同志的创作做了评价。在这样的会上，作为南阳作者，我们感慨很多，心情也很亢奋。说真话，同别的地区比，南阳小说作者最多，潜力也最大。举一个细节说，有一个编辑部，每个编辑管一个方向的来稿，只有南阳、洛阳设了专人看稿。《奔流》打算为南阳出专号。南丁、有德等作协的领导同志提起"南阳帮"，都抱着很大希望。我们两个在大会发言时，也为南阳同伴感到自豪。因为我们可以说出一串名字来，跻身河南文坛声色壮人。

　　再有个比较,也是令我们欣慰的。同兄弟地区相比,我们南阳地委对文学创作是很重视的。我们有自己的阵地——《躬耕》《南阳日报》的《白河》。我们地区文联每年有十二万经费,居全省之冠。各县文联也正在相继建立,经费都在落实中,这确实为我们的创作事业创造了很好的前提。《白河》办得挺活,去年做了那么多的评介工作,对作者已经有一种凝聚力。《南阳日报》对南阳文学事业做出的贡献是令人敬佩的。

　　另一个比较却又使我们不安。外地区的作者交流多、聚会多、外出多,作者队伍的组织联络工作挺活跃。尤其对于重点作者,在创作条件上尽量给予方便,对有潜力的作者扶持、培养方面有很多令人羡慕的做法。郑州、开封、洛阳等地区都设有专业作家,不少地区为作者提供创作时间和食宿,对文学创作有成就的进行奖励。而我们南阳这一个作者群到现在还是散兵游勇,各自为战。作者创作条件在全省中是最差的。闭塞、保守、信息不通,严重妨碍了群体的突破。毫不夸张地说,如果能够使他们加强交流、改善创作学习条件,这一群"南阳帮"将会在全国文坛显示出自己的才华。

　　新的一年来了,我们希望《南阳日报》在新的一年繁荣兴旺,办得更有特色。我们觉得,为了更好地团结作者,促进社会主义文艺事业的繁荣,为了能够更好地反映我区"四化"建设的新人新风,《白河》副刊应该扩大版面,进一步满足广大农村青年对文艺作品的欣赏需要。这个建议,不知可有参考价值?

　　顺祝编安!

乔典运

一九八六年元旦于郑州

××老弟:

先给你拜个年,祝万事顺心!

咱们在郑州分别后,我一直没回,就住在省文联,一住两个月,后来,干脆叫老婆也去了,一直到腊月二十三才回。

这次在郑州,写了一个中篇《从早到晚》,一个短篇《美人儿》,还有几个短小说,共有九万余字,顶上在家一年干的还多!还想写,如果你在洛宁给找个免住宿费的地方,我还想再干两个月。回到家里啥也弄球不成!

你给《莽原》写一篇吧,吹吹《红蚂蚱绿蚂蚱》,好吧? 我也想写个读后感!

你最近过得如何? 心情好不好? 我是回来就心情不好!

多少年了,咱们相识以来,我一直想,你要成为"大家""名家",才能立于不败之地。一个一般作者不算人,别看今天把你捧上去,也不外是小孩们玩的皮球,拍拍起来了,不拍就撞到一边了。你要当大家当名家,凭自己的货,坚固耐用的货,不是一般消耗品,用一年半年就坏了的货,这样才能永远站着! 我的悲剧供你借鉴!

祝好!

乔

一九八六年元月十二日

书信二十五

书信二十六

×部长：

您好！

我十月初参加中国作家访粤代表团，在珠海、深圳参观访问了一个月，回河南后就一直住在省文联写东西。现春节将到，近日回西峡过年。本想路过南阳时，去向您汇报，但知您公务繁忙，不便打扰，故写此信向您请示一件事。

在地委的领导和关怀下，南阳地区有一支很活跃的创作队伍，从数量上和质量上看在全省都数得着，今年河南在全国有五篇有影响的作品，南阳就占了两篇。根据这个情况，《奔流》编辑部拟出一期南阳作者专号，就是用一期的篇幅全部刊登南阳作者的稿子（包括小说、散文、诗歌），以此来向全国宣传和展示南阳地区的创作力量。为此，他们要在南阳办个笔会，参加人员全部是南阳作者。所需经费，他们全拿也可以，地区文联拿一部分也可以（地区文联如愿意，可在专号上标示"南阳地区文联供稿"）。不知宣传部同意否？他们想叫我先向宣传部汇报一下，如果同意，请指示有关部门协助。如认为不妥，也就算了。

我一两日内就回西峡，以后有机会再

当面向您汇报。

祝节日愉快!

乔典运

一九八六年元月二十七日

书信二十七

●

××同志并转××：

大年三十包饺子，你却给我写信，使我十分感动。如何报答你呢？心中又欠下一笔债！你说我成了名人，是玩笑还是真的？我知道我值几分钱，还不至于忘了姓啥名谁。有时说话放肆一点，思想基础不是自我感觉良好的反映，而是破罐破摔罢了。反正五十多了，还有几天阳寿，别的享受得不到，也不敢想入非非，如果连几句话也不敢说个痛快，活个人也就太苦了。"文革"前从不多说一个字，夹着尾巴做不像人的人，"文革"中也没躲过灾难。总是如此了，为什么还要处处事事说违心的光堂话①？

年前，我有一连串使我周围的人眼红的事。腊月二十七这一天，三件事一齐降临到我的头上：用千分之五的奖励指标给我升了一级工资，批准我入了伟大的党，任命我当县文联主席。三喜临门，你看如何？对此三喜，人们听了广播纷纷向我道贺。对此，我不发表评论。不过，想想"文革"中的遭遇，不免感慨万千！你们不要认为我美了、笑了，这事对我的后果是令

———————
① 光堂话：豫西南方言，指场面话、好听话。

人忧虑的:我在脱离群众!非党的熟人认为我成了共产党员,远了;老党员中有人认为我是统战党员,低了。兵认为我成官了,高升了;官认为我是个闲差事,不值钱。所以,这个年过得并不轻快!

来信讲到《村魂》评奖的事,我一点也不打听,也不愿去想。你提及此事,使我心里又添了一层不快的阴影。任何希望都会使人苦恼,自己过得平平淡淡就是福,何必和自己过不去,去想入非非。天下本无事,庸人自扰之。能写点东西,也不是为了成名成家,凭真本事没才华,凭假本事不会活动,从来没想过成名成家。写东西是一个爱好,一个责任,有感而发,把心里挤得满满的东西倒出来一点,使心里空一点,宽展一点,仅此而已,别无他求。

信中说,荃法约会去洛阳写稿,已蒙军长恩准,我很高兴。在家里啥也写不成,一天到晚又忙又乱,不知忙些什么,每到夜里就感到一阵空虚,一想到又白过一天,心里就像失落了什么,顿时不快!何时能去,如何去,望能早日告我。我想,一个月太短了,至少三个月吧,不知作协能不能大方一下?这要求可能是太不自觉了吧!

顺便说一下,王俊义当县文联副主席,算个副局长吧。《奔流》要调他的事,我的想法是去不去都好都不好,全看他了。我这个文联主席是挂名的,在任命之前和之后,我都和县委订了不成文的合同:还保持目前在文化局的相同状态,不管不问不参与任何活动。否则,我还留在文化局当我的办公员。县委很好,保证不拉扯我。这就足够了,还能要求什么呢!

穷话不少,误了你们宝贵时间。盼来信!祝好!

典运

一九八六年二月二十八日

××老弟：

久别了,相逢似不可能了。两次去洛阳都没走到,没想到如今行路这么难!

你又发大财了吧? 先祝贺。

我从郑州回家,坐汽车,早九点上车,次日晨三点半到南阳,你可想到那个苦劲了。本来六个小时的路,一走十八个小时,下定决心再也不出门了。回来就住医院,坐骨神经痛。朽了,死亡将至了!

《村魂》没评上奖,一点也不背包袱,像没当上省长不背包袱一样! 天下之大,能人之多,我算老几? 何苦想入非非,况且压根就没做叫花子拾金梦!

五月份去郑州开人代会,你要恰在郑州,我能可再见一面? 要不,今生难见了。

你为《满票》写的小评,我又读了,很好,可惜只差一句没点明,如果有个风吹草动,人人都会说这一票是他投的! 世风如此。看了你的评点,我对《满票》倒有了新的想法,似乎还可以再写一篇小说,写出和这一篇情节相同但含义不同的小说! 这只是笑话罢了。

有何新闻望能告我!

祝文联诸君好!

书信二十八

祝安!

典运

一九八六年三月二十九日

又及:县文联还没正式成立,来信仍寄文化局。

书信二十九

××：

你好！来信读了。

听说嘉季病了，心里很不是味。他一生教了多少学生，是个透亮的人，我从他身上学到了很多东西，他的正直清白，他的热情诚恳，都使我从心里感动敬佩。他把自己献给了文学事业，献给了作者，自己不留一点点。可是，事业和作者给了他什么？社会对他是不公平的，细想想细看看，好人有什么用？可悲！

我还是老样，"俱往矣"！啥都不想了，啥都不干了，等着死了，这一生真惨，好时光都被运动运走了，留下了一具老朽的躯体！

来玩吧，来住我家，别说"连累"的话，没有的事，况且咱也不怕，也没什么可失去的，即使要失去什么，为了友情也值得！

问王钢好！给她去了一信，没回音！

顺祝体安！

老乔

一九八六年八月二十五日

××、×× 二同志：

深山一别，转眼又一月余，不知你们美不美，反正我在山里过得顶快活，主要因为每天可以听到你们的教导！

别来身体可好？工作顺利，万事如意吧！

本来要去郑州参加笔会，可是到南阳后身体不适，就向有德主席请了假，又返回西峡了。"好个不识抬举的东西！"请你们骂吧，骂了我心里才安生！等郑州有了暖气，还想去住两个月，请你们恩准！

值得也不值得向你们汇报的是，在山里写的两稿都有了主儿，一个给了《躬耕》，一个给了《北京文学》。《北京文学》九月中旬来信，说发十一月号，还说很感兴趣，为了表示心意，叫我去北京过国庆，车旅费他们掏。不想动，我就谢绝了。

由此可见，我这人没治了，不是不想去开笔会，连玩都没兴趣了，只等着死了！这次在山里能写点东西，也是沾了你们的灵气，要不是你们来，我是要玩一个夏天的！想到此，真心谢谢你们了！

黄河笔会一定开得好，有什么新思想望能告知一二，当感恩不尽！

需要什么，请来信告知，千万不要客

书信三十

气！

　　杜老师可好？祝早日康复。

　　恭祝大安！

乔典运

一九八六年十月五日

× 部长：

您好！

这次在南阳蒙您接见，刘部长又礼贤百姓谈了话，实在感激！

书信三十一

我三年没进南阳了。每年多次路过南阳，都是车站的过路客。这次，是听说刘部长要找我谈话，也想会会多年不见的文友，才破例在南阳小住。刘部长的诚恳和不以领导自居的态度，使我深为感动，我看到了南阳文艺界的美好明天，才冒昧地寄了这封信。

创作是南阳的一个优势，这是省里公认的。这次，见到了不少南阳文艺界的朋友，大家都希望发挥这个优势，但又觉得这个优势不仅不被重视，反被冷落，有意地冷落。我不想谈他人的意见，刘部长讲，部领导已决定和文艺界开一个对话会，到时大家会谈的。捎话往往会走样，还有汇报之嫌，我不想转述。我只想谈谈自己的想法。我这个人缺点和错误很多，有偏激情绪，容易感情用事，自知这些，所以去年才谢绝了地委叫我去地区文联的提拔。下面谈的看法也不免有浓重的个人色彩，错误难免，如有不当，请您指教。

　　地区文联是个学术团体，应当又文又联，应当有热烈的学术气氛，是培养作家出作品的农夫，是保姆，是作家的知心朋友，是个出思想出作品的地方。我到过一些省市文联和作协，他们对自己地区的作品了如指掌，谈起来如数家珍，谈起来充满感情，好像是自己的亲人创造了成就，为这些作家和作品而扬扬得意，多方给予鼓励。我们文联每日的话题是什么？津津乐道的又是什么？向领导汇报的什么？关心的是什么？我想部里是清楚的。我不想举别人的例子，说别人可能不准确。我只想不避自吹的嫌疑，谈谈我个人的经历。

　　我感到的是冷。前年我发了《村魂》，全国报刊发了数十篇评论，省文艺界牵头了几次讨论，××同志为此请我吃饭，体现了党的关心。去年发了《满票》，各报刊又有不少评论，省文艺界领导曾在不少会议上讲了。《村魂》和《满票》分别选入一九八四和一九八五年《全国短篇小说选》。我不是说我的小说如何如何好，也不是想得到一个官职和什么奖励，我感到伤情的是地区文联领导太冷漠了，从来没有谁在谈话中和文章中提及此事一个字。不说别的，单就选入两年的《全国短篇小说选》这件事，也算地区文学界的一件小事吧，就是有不同看法也该说上一句半句，可是，只字不提。我怀疑，他们不是故意冷落，就是根本没有看过他们不屑的作品。别的行业，在《南阳科技报》上发表一篇文章，就受到各种奖励，对比之下，使人心寒。对我尚且如此，别的作家的遭遇可想而知了。

　　我想强调一点，我说这个例子，不是想讨什么便宜，也不是想自吹自擂，吹自己是吹不起来的，作家是靠作品说话的。我只想对作家稍稍热一点，哪怕是说一句热心话哩。说心里话，我也不是想叫地区文联吹我捧我,他们的吹捧对我来说也没什么意义,只是这种冷漠使人心冷。当然,我不计较这些。作家的职责是创作,这种冷漠也浇不灭我的创作热情,我该怎样写还怎样写,依靠别人的三句好话来作为创作动力是没出息的人。不过,对他们来说,冷漠是失职的表现。

再一点,我感到奇怪。抓经济尚且要发挥优势,南阳文艺界的优势是创作,应该抓,不敢妄想大抓,哪怕小抓也好。可是,文联各协会多已成立,而且不少活动,不少花钱。唯独文学工作者协会不肯成立,据说没钱。这原因不能自圆其说,别的协会怎么有钱?其中恐怕有点心理障碍,不便出口的感情因素。当然,我们不强求成立。缺乏热情,苦没感情,就是成立了也是一纸空文,也会流于形式,反而更有搪塞之词。想到此,还是不勉强成立为好。待到他们有了热情再成立吧。

总的来讲,少点内耗吧!把本身所消耗的没有对外做功的能量,还是转移到工作效率上来为好。少谈点摩擦,少计较一点个人得失,把用于纠纷的热情用到事业上,不仅会使广大作者受益,他们也会得到在闹纠纷中永远也得不到的东西。把文联真正办成一个充满活力的学术团体,像磁石一样吸引广大作者、团结广大作者,不断给作者注入新的活力,南阳文学界一定大有希望。省文联主席南丁,前年曾写过一篇文章,题目是《寄希望于南阳》,但愿这希望变成现实。切莫让南阳这个作家群自生自灭!在当前日进千里的形势下,落后一步就要被淘汰,缺乏学术交流,作家就会沉没,希望地区文联给作家们不断烧火!

部长同志,正因您和刘部长的关怀和诚恳待我,我才不知高低,不避嫌疑寄了这封信,违背了我多年来决心不掺和进去的誓言,是受了你们的感动。信中有不当之处,我也不顾虑,因为一来作为朋友,二来下级向组织汇报思想,我想会得到批评和谅解的。

耽误了您的时间!

谢谢!

顺祝大安!

乔典运

一九八六年十月五日夜

书信三十二

××:

送来了酒,我和老郭不知咋说,得你的恩情太多了,真是叫人过不去!

这一年一直在混,盖房子。都盖,偏偏不叫我盖,我便非要盖。赌气,日他奶奶,老百姓也是人,别人吃黑盖房子,咱凭劳动一点光也沾不上,还想吃咱的黑,偏不叫吃,抗争一下,要不咽不下这口气!

想去郑州住一段,又不敢去,自知朽了,在人场里一钻就感到悲伤。有青春的时候是寒冬,到了春天咱又进入了寒冬,这一辈子没火色①一天。静下来想想,白活了。没有幸福的一生,一生在苦中泡透了,找不到一点欢乐,连回忆都是苦的!我很想出家,如果有可能,真想到个深山古寺去修行! 一天都不想在尘世上待了!啥意思,有时候真想大哭一场,泄泄心中的积淀!

不说了。最近可能去郑州,见了再说!

祝好!

典运

一九八七年三月十三日

---

① 火色:豫西南方言,意为人混得好,日子过得红火。

书信三十三

××同志：

来信拜读了，谢谢！

我刚从南阳回来，九号去的，开了四天会，挣了一张奖状，一顶帽子——模范思想政治先进工作者，咋样？还录了像，是讲话录像，要在全区放。你放心，我不会说什么使人皮麻的话，只是谈谈生活，讲了最近下乡中碰见的两个故事，基本上没讲及当前的事。为了这个讲话，犯了大难，不讲又推不脱，讲吧，又不愿给人一种"那个"感觉，只好选择了说故事这个路子。

不能向上海作家求教，一大憾事。但我现在的情绪已非昔比，不愿参加什么社交活动，只追求安定、安静，害怕会碰到刺激，我觉着老了，太老了，一点点刺激就会使头晕。乡里有句话"惹不起，躲得起"，现在，我成天在躲，不想见人，怕见人，怕刺激会从什么地方冒出来。还是安心玩，安心写点什么。据说，好像年末我没去郑州是为了什么什么，其实一点点都不为，就是想安定，想安静。待你到了我这个年纪你就明白了，现在再说你也不会明白的，因为你还风华正茂！

给《奔流》寄了三个稿，是南丁写了

信叫顾丰年来的,只说隔了个年,又搞了反对自由的,只说算了,谁知人家不愿,只好赶了一个月,总算完成了。中不中,天知道,因为,我只会写我会写的,不会写别的。他们一半天派人来取,人家说中了才算中!

省人代会二十八号开,还有十几天,想好个中篇,也不知道能不能赶成,只要去开会(只看能否批准假)就一定会去文联玩的!

关于讨论会,我只有感激,别的就是一切听命了,听你们安排了!

代问诸友好!

顺祝大安!

乔典运

一九八七年三月十四日

书信三十四

×× 同志：

您好！

遵命写了个发言稿，请审阅。

我没做什么工作，更不善于大会讲话，提起笔就感到自己是一片空白，没东西可讲。

请您看看，最好不要叫我讲了。对领导和同志们的一片好意，我已经心领了，并深深感谢。

顺祝大安！

乔典运

一九八七年三月十六日

××同志：

二十三日来信读了，谢谢给了信息。

《笑城》发在《鸭绿江》一九八六年九月，《活鬼的故事》发在《河南日报》，何年月忘了，好像《小院恩仇》集子里有。那个《小猫不知人间事》如何？

上海来了大作家，我怕，不去可否？我真是羞于见人！

去南阳开会的事，似乎拖下去了，要等省委宣传部开了下面的部长会之后。还开？何时开？还是不开了？天知。

《奔流》叫我写稿，还要三篇，年前顾丰年拿着南丁的信来，我答应了。说三月底交稿，谁知不想写了，只说吹了，谁知近日又是信又是电报，只好赶了，现已赶好两个，还差一个，四月中可交稿。所以，不想动了。

郑州是要去的，不去陪上海作家，月底也要去开人代会，去了再谈吧！

顺祝快乐！

乔典运

一九八七年三月二十七日

书信三十五

书信三十六

××同志：

许久没去信了,怨我懒,请原谅吧!

我从郑州回来几个月了,不知咋过的,试着还没玩美哩,可又半年了。人向死地走,一点力也不费,好像下坡路骑自行车,滑一下就到处了。我也快滑到头了!

上个月在临安,才又拿起笔,写了一点小东西。七月号《奔流》发我个小说,到时请你提提意见,给点指导!

祝好。

典运

一九八七年五月十一日

书信三十七

×× :

你好！大作读了，很激动。正如你说的，换了一个段茎法。这一步也许很不容易，特别是你我这个年纪，愿你丰收，多一些优良品种！

今天接到一个长途电话，说长华走了！心里那个滋味没处讲：人，原来如此！说走就走了。世界上再也没有他了，可是世界还是世界！想前几天在郑州开人代会，我去看他，还是说说笑笑，他没想到是最后一次见面，我更没想到。没想到的偏偏发生了，想到的事偏偏不发生，这就是人生！我发了个电报表示一下心情，可是心情又是表示不了的！他的走，我不知为了什么，又似乎知道为了什么，再想想，又何必为了什么！只是，可怜了他的婆娘娃子，世界不会因他而少了什么，婆娘娃子却因为他走了而少了许许多多！人啊！

我没写什么，回来后就生病，每天跑跑医院，懒得提笔。

今年能来西峡玩玩吗？来吧，咱们住一块儿写点什么！顺祝夏安。

典运

一九八七年五月三十日

××同志：

许久未见，近来可好？念念！

有同事谈，你对我很关心，打算明年给我出个集子。当前出书难，难如上青天。不少人四下活动尚不能出书，你主动提出给我出集子，我是又感动又感激，不知如何报答才好。为了不负你的厚爱，我精选了二十二万字，这些作品均受到过评论界的好评。我想，再起个好一点的书名，还是有销路的。

再次谢谢你的好意！

乔典运

一九八七年冬

书信三十八

书信三十九

××：

信拜读，谢谢关心！

我越来越感到压力太大，都有点承受不了了。人非草木，孰能无情？开春，在当时的空气下，地委给我评了个模范政治思想工作者，就已经使我感动万分了。县委也多方照顾我，今秋又开了我的作品研讨会，报刊上还发了些评论文章。那些都使我不安，深感受之有愧，常常夜不成眠。大家说了那么多的话，有许多都说过头了。我想，大家这样办这样说，都是为了鼓励我，为了给我注入新的动力。像老师表扬学生一样，不外是为了叫学生争取好成绩罢了。如果我不能继续写出点什么，大家的好话就变成了我追悼会上的悼词了。常常想到"悼词"二字，就害怕，就心神紧张。好话好听，听多了会使自己忘了王二哥贵姓，也最易使人丧志。我更怕无所事事，明年无颜见江东父老。

你知道我水平低，写点东西难得很，绝不像有人想的那样，掂起笔画画就行了。我现在才真有点后悔。前些年把许多时间浪费了，为了各种家务事分心太多了。作家的功夫应全在文章中，如果在文章外就完蛋了。我是懒散惯了的人，现在忽然要紧张起来就有点受不了，可是，受不住也得受。我决心"死"两年，把生命用到读书、生活、写作上，除此都是身外之物，都叫它"死"了。这就是我现在的心情和情况。

原来，我打算冬天到郑州去赶暖气，在那里写东西，现在不想去了。因为收了心，在家里写得也顺，也就不去了。日前，珠影来电，想把我的几篇东西改成电视剧，邀我前去，我已谢绝，任他们去改，我已下定决心要"死"了！

谢谢你了！

祝新年好！

乔典运

一九八七年十二月

××、××：

　　你们好吧！念之！

　　快一年没见了，逢人就打听你们的情况，知道你们活得都怪自在，我高兴也羡慕！我还是老样，难得一笑，天天都像在梦里，什么都看不清，恍恍惚惚，甚至连有我没我都有点怀疑。总想着我是不是别人梦中的一个角色，待别人醒来我也就消失了。我就是这样活着！悲！

　　天冷了，本来想去郑州赶暖气，不能去了，因为南阳要评职称，是文联评的，我去了诸多不便，只好死挺了！

　　听说，近期南阳要开《康熙大帝》座谈会，不知你们来否？还是来玩玩吧，何苦天天守郑州，走几天屋里也不会发生政变。如来，能来西峡玩玩，陪你们走走！

　　最近，俊义可能去郑州，如去会托他去看你们！

　　报纸何时发小说，想给你们写一个！

　　祝冬安。

乔典运
一九八七年十二月三十日

书信四十

书信四十一

××：

你好！

日前给你一信，写好没发不见了，只好重写。乱，我的日子和心情一样的乱无章法。读了你的信，深有同感。活得乏味，不是买不起油盐酱醋，而是心里没一点油盐酱醋，淡如死去的人。我这一年一字没写，写什么？一肚子的话老说去写，一想，说了写了啥球意思，换几文稿费而已！天生我材必有用，鬼话，球的用！每天读读书下下棋，长久了，也觉得没意思了。不是苦闷期，是无心期，心如冰至，朽了，没了。

本来想去郑州住一阵，想想没去。去干啥？我只觉着怕，怕什么也说不清。当然不是政治上怕，是怕自己的无用。去博一点同情，叫人可怜可怜，施舍一点温情，只会平添几分凄凉。何况，如今的同情和怜悯也随着物价而暴涨，金贵得很，谁会慷慨地恩赐一点？想到这里也就没去，在家自己叹叹罢了。

文学，这玩意儿的神圣期还一去不返了，贱价拍卖自己的作家换得了高价钱，高兴之余更沦落了。还写吗？天知道！如果不死，当然能早死也是好事，何苦一天天折磨自己。活着,是人生享受中的最大享受,可是要光享受痛苦呢?我们早生了晚生了三十年,偏偏此生此时!不仅客观刻薄自己,连自己也虐待自己,不能放开活一天。世界上最不道德的东西,大概就是道德二字。身体被装在套子里,心也被装在套子里,我死时能会心一笑吗?只怕人到死也不能挣脱自己套在自己脖子上的锁链!我常常想远离这个环境,可跑到哪里没苦愁?

说了许多屁话。如果不能万幸地突然死去,还会见面的,到时再谈吧!

顺祝顺利。

典运

一九八八年元月六日

××、××：

来信收读，谢谢！

给克西一信，请转，并请当面做做他的工作，让他来一短文也好，尽尽人意！

晓杰的文章何时可发，别黄了！我已给孙去信，未见回音，只怕……

天下本无事，庸人自扰之。我大约算特殊庸人了。《康熙大帝》的座谈会，只说是一件好事，鼓吹一下公平些，没想惹得一些人愤愤，觉得不公，认为过头，认为我多事。我不悔改。一个干部子弟，不去官场混，往文场上钻，掌握了不少学问，写出了厚厚的书，写得又正经，在眼下也算难得，文场混碗饭吃干净些，总是靠劳动换来的。这个书我看不错，以后会非常火爆畅销的。

天下雪了，明年会丰收吧，愿老天爷别再给我们加难了！

俊义的座谈会，等我去郑州再谈吧！

顺祝冬安。

乔典运

一九八八年一月十一日

书信四十二

书信四十三

老×：

　　去郑州和这回都没见面,似少了什么,有点失落和空落,还能见几次,说不定就此永别了。信读了,知你从南方归来,跑跑也好,可以忘了什么和认识了什么,多了些思索,在生命的过程中染上了一点色彩,这就是意义。

　　作协的事,说真的,颇有点失误,就是不该成立作协,更不该让我当主席。我这人,生就一块废料,百事不成,不能为大家谋点什么,还会坏了大家之事,一百个惭愧。当务之急,就是省会员的申报,我没有可推荐的人,你可联系一下,有了推荐的人,可列个名单,让南阳诸主席过目一下,就可上报省作协。此意义在于尊重人,不要批了谁也不知。再一个就是省作协换发会员证的事,收会费收相片,又叫你麻烦了。都是很麻烦的事,有点很对不起你的感觉。可不麻烦你又求谁? 此两件事涉及南阳诸友人的会员资格,如不办就我罪大矣! 只好请你多多受劳了。别的事,就是省作协的新人新作奖和组织奖,新人新作奖省作协已定到了人,我们只办办手续罢了。组织奖就有了麻烦,你去,这是肯定的。我多要了个指标。我想,作协去一人,南阳日报社去一人,不知诸君意下如何？还得南阳诸位定夺！此三件事,六月都得办,叫你热了累了烦了。

我还是老样,越发淡漠了。这世界太奇妙了,草木之人真应付不了。

能否来玩玩?

祝好。

老乔

一九八八年六月五日

书信四十四

××同志：

你好！多谢你的指点！还是乡情！

信早已拜读，去了南阳，听你的话，报了个一级，报了又有点后怕，咱够料吗？反正，活娃当成死娃治，就看天命了。对别人，该说的好话也都说了。人凭良心活，活得心里无愧就可。同宾和解放都报了二级，我劝他们报一级，他们不，说"就这只要能获恩准就大谢天地了"。我要改二级否？等你的指点！

从南阳回来后，无所事事了，心里越想越无味，为了二升米去折腰，活得太不值钱了。俊义弄个三级指标，我心里不美，但要不来高级指标，县里不给，说，年纪轻轻的，就这涨钱就不少了。我找了不少官员，最后也只好如此了。

你在干啥？你说你和晓杰叫刷下来，我们心里升起了一股不可名状的情绪，活个人不是难，是活着没有。我常常怀疑，自己是不是个活人，再想想，世上到底有没有自己这个人？很可能是别人梦中的一个小小角色，人家的梦醒了，自己也就消失了。天天都在似梦非梦中生活，喜怒哀乐都不由自己，都是别人造成的，这不是梦是什么？梦也是噩梦多，人一生能做几个快乐的梦也不枉活一场！可是,好梦不来,奈何?

又冷了,树叶落了,自己哪天落呢? 不说了,啥意思! 酸菜面条撑的!

何时来西峡关心关心你们的作者?

盼来信!

顺祝大安。

乔典运

一九八八年十月四日

××兄：

您好！

只想着您在家安度晚年，没想到您在写书，一写就是三本，着实令我敬佩不已。当今向钱看的人不少，做学问的不多，您就是不多中的一个。您笔耕不止，虽然累些苦些，但一天一天活得很充实，很值得我学习。

拜读了大作，朴实无华的语言，忠实地记录了当年的是是非非，给人一种亲切感，使人想起了过去。我们这一代人活得不容易，经过多少风风雨雨，承受了太多的苦难，可等到了风调雨顺政通人和时，我们也老了。您的书记载了您一步一步的脚印，不仅提醒同龄人不要忘记过去，也会使青年人更加珍惜现在美好的生活。你做了一件有益于人民的工作。

祝好！

乔典运

一九八八年十二月

书信四十五

书信四十六

××同志：

信拜读了，给了我启迪，谢谢。我还以为你不来信哩。

这些天患眼疾，分不清人脸，走形。点了各种眼药，均不见效。什么也没写。写与不写都一样。

我搬到了新居，在宅边租了一块地，生地，每天开开荒，挖上三五镢头，累得呼呼的，然后喝杯茶，学学中央文件，倒也清心、明目。咱们这号人，历来和中央保持一致，因为咱们都是十年改革既得利益者，吃的喝的都托小平的福，想想，真想高呼万岁，只是都没喊，咱也只好忍住了。

乔典运
一九八九年春

××：

你好！捎来的信七号才收到，如果早一点收到，我就可能去开会了。

我大概害了羞病，贵贱不想见人，心如死灰，但愿能死灰复燃！现在倒也好，下棋写稿，唯一的乐趣是偶尔写点东西，写写看看还顺心，也就得到了一时的轻松欢快，除此别无他求，也求之不得了。

我没想到会得什么奖，我认为世上的好事和我无缘，心也就不想，秃子也就不痒。没想到会中了奖，我明白，这不是我的小说写得好，而是大家的抬爱，看我苦，给我的安慰和鼓励，我感谢众兄弟姐妹的苦心。这点心情，我领了，望你见了有关人士代我谢谢！

去冬写了点稿，有十几万字，近日得知要发的地方有四五个，还不知终究如何？反正，写了就心净了，发不发是人家的事！

关于去省作协的事，说真心话，我是想去，可内心怯怕，怕去了写不出东西（写到这里，柏旭林打来了长途电话，说鲁迅文学院搞面授，六月十七日至十九日叫我去讲一课，我说不去，他硬不放电话。我在别人机子上接的电话，人家在开会，

书信四十七

我不便长时间争下去,说以后再联系)。柏说的事,我真不能去,身体不好,又是夏天,遥远的路,来回奔波一趟肯定受不了,生了病谁管?况且,我能讲出什么?于人于己都不利,你就千万费个心给我辞了,这也算你的功德了!此事千万千万!

我想,我是如此这般了,常常感到活得乏味,没一点乐趣,只有下棋才能忘却自己的存在,可下多了也乏味!人生的本身就是不必要的,何必生?没有生就没有了自己,该多好!活得太苦了,太累了,可能只有我这样!过去我还羡慕别人,如今连羡慕也没有了。可悲吧!我常常想,我现在的一切一切,都是别人的梦中角色,只可恨这个人老不醒,叫我老是不得安生;他要醒了,我在他梦中扮演的角色就终止了,也就没有了我,多好!

你会骂我吗?骂吧,骂也是梦中的事!

我写了个梦的故事,想写好又写不好。连梦都写不好的人,还能写什么?

耽误你了!

代问诸君好,祝你和大家如意!

大安。

乔典运

一九八九年五月九日

××：

许昌别后又一月余了，怪想的。

最近忙否？大概不会太闲吧。要不，不见个来信，我可是成天等着，说说你们的忙忙碌碌吧！

这次鸡公山之行，是我多年来最快活的一次活动，大有在那里乐不思家之感。我终于发觉了一个人生之道：什么都不想就会没有自我，没有自我的人是快乐的。想起了普陀山一副对联：世上本无我，何处染尘埃。细想想，世上人有多少，自古至今恐怕有上万亿了，如今有几人还在？本来不在的我们，偏要想我们在，在与不在都不在，何苦沉重，轻飘飘忘了我多妙！

没写什么。老了，坐一会儿就更老了；不坐，好像还没老，于是就装着年轻吧。

《黑洞》已选，想你已见了。昨天又打来电报，说下期选载《定时炸弹之谜》。没想到会飞来这点肉，够吃几天吧！

县里在"双清"，严肃认真，咱是竭诚拥护，真的。螳臂当车，闹什么？用老百姓的话说——撑的。

我想起了咱们这里的小曲："吃饱饭当时不饥，往东走腿肚朝西"，过去认为

书信四十八

这是废话,现在想想这学问大得很了,大得很了的学问听起来就像废话了。

盼来信!

顺祝大安,问杜老师好!

乔典运

一九八九年九月十七日

××：

病好了吧？怪想！

读了来信颇有同感，人生就这样匆匆。这次在许昌，不由想起当年你在许昌时我去投奔你，那时，我们还年轻，什么也不懂，很有点幼儿园的意思。眨眼工夫可就如此了。细想想，人生多么可悲，这呀那呀，还没"呀"好可就句号了。真傻！短短一瞬间自己还和自己过不去！

我已很老了，如果说过去几十年等于一天，今年的一天也等于几十年，几十年加几十年，等号是老！精力不济了，我怀疑我们还会见面吗？

顺祝体安。

典运

一九八九年九月十七日

书信四十九

书信五十

××同志：

你好！杜老师好！念念！前天去了南阳，给你打了个电话，要了几次没通。活人难，要个电话也难。弄不来指标，昨天又空手回归西峡。县里叫找地区要，地区叫找县里要，来回日哄。不过，地委宣传部给我讲，不论咋日哄，反正会有你的，除非没一个。这话，我有点信。这事你不必为我操心。叫你操心的事是给点化一下，我报哪一级？在南阳的作者，都拿不准报何级。你给说说行情，说说你的看法，咱们是乡情加友情，何况你是信得过的领导！南阳报高级的有十几人，地区文联就有五人。下边的作者看了就拿不准自己该报何级了。这是闲话，管他人如何，你只说我该报哪一级？千万！我是填了表没报级。我想想成绩，只有一条，就是《村魂》《满票》《乡醉》，连续三年入选人民文学出版社的一九八四、一九八五、一九八六《全国优秀短篇小说选》。除此之外，又有什么？还得过十个省级奖。听说，评定是一次过，报什么评什么，评不上就什么也没有了。所以，等你一句话，急等！

另，《定时炸弹之谜》峨眉厂陆小雅

要拍电影,已订了合同。我下旬想去郑州,写两个月稿,可否?

盼速回信!

祝好。

老乔

一九八九年九月十八日

书信五十一

××、××：

你们的信读了，写得怪美，读后像喝了杯可口可乐，心里滋润得很，不愧你们是城里人，想的就是比山里高一头！

今天送走了刘锡安，他是来约稿的，也难为他了，跑这么远，叫人心里有点酸味。陪他去寺山，去别公堰玩了玩，也算尽了一丝心意。稿子怎么写？你们也不开个会，说说导向，指一条路让我们走！你们只学只提高就是不开瓢，让人怪纳闷的，学得那么深为何学而不用？用用吧！

我还是每天读报读书，活到老学到老，学不能致用，学以修身也不错。我在读《四书遇》，挺好的，不仅有四书的原文，还有评注，读读光想笑，一笑就心明了，亮堂了。

中国的文化早在孔子时就把今日地球上的学问都包了，什么现代派，什么这主义那主义，什么新思想新思潮，孔夫子在九泉下说了："球，这些玩意儿我早讲过了，都是吃我的剩干饭，瞎过了几千年，没一点新玩意儿！"孔子太不简单了，不愧历朝历代敬人家，人家吃供一点也不白吃，唯一可惜的是这么大个大家，没有见过暖水瓶，没有喝过五粮液，没有吸过过滤嘴烟,也没有打过电话,真叫人替他不平!中国的古文化为什么这么精深,百思不解,真是个谜!孔子的水平是怎样来的,谁能解释得了?

什么时候下来走走,能否提提?作协深入到每个作者中,也算个好事,何苦集中到上层呢?

祝好。

乔典运
一九八九年九月

书信五十二

××、××：

二位大安！大札早读了,想笑！

刘锡安早几天来,约稿,亮的。我说,光写白天,不写黑夜。他顺便谈了点你们的情况,也叫人笑。我今年身体大好,活了几十年,活得太沉重了,今日方知轻松了就是美。我读书,读报,读了四书五经,读了还想笑。孔夫子真是个能人,咋弄的,几千年了,他说的咋和现在的话一个样,他把今日地球上的学问都包了,他要地下有知,会说："球,什么外国中国,啥话我都早说过了,都没跑出我的圈!"我越读越没自己了,没自己就是最大的快乐！

天快冷了,这一年又快完了,再玩个几回就没有完不完这回事了。细想想,人这个物件太没啥了不起的,弯腰随便拾块石头也比人经历得多,一把土一粒沙也比人强几千倍！

啥时下来走走,何苦死守机关,学了那么多也不下来用用吗? 下来指导指导也算学而致用嘛,别光说不练嘛！

等着你们！顺祝秋安。

乔典运

一九八九年十月二十三日

××：

　　信拜读了。

　　你好吧？我想，你会好的。

　　你叫写，我能不写吗？写了，中吗？中了吃二斤肉，不中少吃二斤肉。就这，伤不了什么。你看看，也不要作难。不中就扔了，得罪不了我，这是实话。中了，你狠改！

　　冬天想写点。懒散惯了，玩比写东西美，你可能没这个体会。看看前面，六十的人了，还有几天？就这了，一切都晚了。你比我强，前边的日子多，还能有作为！

　　有啥信息透一点！

　　顺祝冬安。

乔典运

一九八九年十一月一日

书信五十三

××：

你好！

读来信已是多天了，谢谢你的鼓舞！

最近心情不好，恶劣极了。我们的房子人家要盖图书馆，扒了。和农村一样，大户压小户。我给县委书记说，纯属灭门霸产。给了我们三万元，给了半亩地，叫盖新的。钱是个保票，空的。现在可好，俊义住县委，老封住党校，我在家，五零四散。要说，给五间房子也不少，可东一间西一间，不成个样子。都劝我，为公家事生气划不着，可我忍不住，有受侮辱之感，日他娘！也只有日他娘了。

《奔流》来个同志，住等稿子，我已经一年没写东西了，不知小说为何物了，苦没办法，弄了一个，四不像，昨天才交差。我想，还写吗？老了，写了一辈子，也没成了气候，再写就中了？干脆，养天年吧。

你何时回来？望能告诉我一声，千万。可不要不吭就又回郑州了，那可有点太不那个了。你知道，山里人老苦，草木之人又面对草木，久不闻人间事了。回来了多住几日，也好谈谈，给送点春风暖意。

书的事，你先放着，先用南阳的钱把账冲了。谁要，等书拿回来之后再说，那

书信五十四

钱是老孙的,用完了就算,用不完了退给老孙,不要再退南阳市文联了。到时,我们先看,看完了想要,我们给他钱,不想要,把书给他。就这么办吧!

今年我的身体比往年好,因为会想:工钱不多日日有,饭不好吃天天吃,有何愁? 这般年纪了,又是小人物,有我权当无我,不就乐了。写稿的事随心吧,也该给年轻人让让篇幅了,也算积点公德。

等着你回来!

杜老师好!

冬安。

乔典运

一九八九年十二月十二日

书信五十五

××老弟：

你好！

许久没见，很想，很想！该说点什么？该说的不用说你就知道了，听见了，想到了。那么，还有什么要说？似乎很多很多，又似乎没有。

你不要苦自己，世上事都是空气，连人都是空气，眨眼就一切没有了。万事皆空，看是假的，却是真的。多少英雄人物，没少受点英雄气。说这干啥？无病哼哼。

我在干啥？闲，等死。写东西，弄俩钱花花，没那个水。再想想，何苦为了争强来折磨自己。要画了画一笔，不想了也就算了。能自生，就要会自灭。要说，现在怪美，天不管，地不束，生由我，死由我，玩有我，快乐。我不想出门。也该藏起来了，省下一个床位叫年轻人睡，省下一点时间叫年轻人说。老不死的，去和年轻人争什么？这就是我的想法。别人怎么想我，我不管，也管不了。我愿人们把我忘了，当我死了。我悲观吗？一点也不，我很快乐，可能比你还快乐一百倍！希望你能来玩，啥时都欢迎，真的！酸菜面条，红薯稀饭，再加大山的水。

到了北京，代我去看看陈世崇，还有

我的同学刘国春,还有傅用林,就说我想他们,感激他们。秋天,傅用林曾邀请我去北京玩,我不能忘这么深情厚谊,如果,这邀请还有效,到了春夏,我一定去。可惜,没有作品,有也是下里巴人!

你要来信,这就是我的心!

祝好。

乔

一九八九年十二月二十七日

书信五十六

××：

新年好！我早给赵团欣去了信，表示感激之情！如何回报，常挂心怀！我也给何秋声去了信，表示感谢，虽然人家没给寄钱，总算他给了你的好话！好话暖人心！

今年以来，活得特别乏味，不想写稿，不想读书，总觉着生活中缺少点什么主要的东西，是什么又说不清。一天到晚没情绪，缺少兴奋细胞，这细胞大概死绝了。想找点刺激吧，找不来，又不敢找。越来越不明白，人活着是为了什么？为谁活？为别人吧，谁为自己？为自己吧，又不敢！什么都不为吧，活着干什么？我这人怕了一生，苦了一生，等于一个活着的死人，没有痛痛快快活过一分钟，可怜！晚了，一切都晚了，死的时候大概不会有会心的微笑了。

读书，读来读去都是淫和恶，人性大展览，没什么意思，又有很多意思，想想，别人有意思，就自己没意思，越读越悲！

你活得不错，会活。这次在南阳，和克西处一室，夜夜谈到一两点。他对你竟是很高的评价，不是假话是真心，你征服了一个很难征服的心！

过了春节,想去郑州住一段,可否?

祝好!

老乔

一九九〇年一月十日

××：

信读了。

本该报复一下，称你个处长，来回答你叫我主席。这主席是假的，你这处长可是真的，连着柴米油盐哩。想想宽宏大量好，还是叫你一句王钢吧！

书信五十七

接到你的信很高兴，何况还写了近两页，更何况那个稿子又找到了。稿子不稿子倒没什么，就那么几个字，能读到你的信就什么都有了，高兴都来不及哩，还有心去责怪你？还有什么稿子发不发的事，更是听天由命了，我全没放在心上，写了就完了，发不发与我何干？

你说叫写什么文学随笔，这个名词我至今没弄懂，等弄懂了就写，一定不会负约的。

我这人生性自贱，常常不敢妄论人间是非，文学上的事奇妙无比，更不是我辈评说得了的。读其作品，明明写的人间烟火，偏偏要说从不写生活，好似说写生活就层次低了，颇有点故弄深奥！这样说，可能是自己浅薄了。

我从郑州回来，没写什么，连信也懒得写，你这信是我写的第一封。写什么，怎么写，总想等等看，等什么也不得而知。

每天烤火、吃饭、睡觉,懒得去想什么。

不要高高在上,希望能下来走走,与民说说话,也不说与民同乐同忧了。

盼你来!

祝春节愉快,步步高升!

乔典运

一九九〇年一月二十五日

书信五十八
●

××县长：

你好！

没有历史的地方是没有厚度的。有历史而弃之是可悲的。西峡似乎缺少了什么？总感到有点浅薄！

西峡放过异彩，一一二七年，金元之际的一代伟大诗人元好问，曾任西峡县令，在如今寺山的半山亭上读书写诗，他的诗词中有不少篇章描绘了西峡。元好问在中国优秀文化史上占有重要的地位，可惜西峡人知之者不多。

西峡县城至今没一点历史色彩，是否可集资少许重修半山亭，给西峡抹上点历史色彩？

到寺山去，去干什么？还是让人有点想头为上。

这信可能不合时宜，还望指正。

乔典运
一九九〇年春

××：

　　你好！

　　想着你来南阳开会，谁知叫人失望！没事出来走走，何必在苦恼中游泳？到这个岁月还有几个春秋，折磨自己才是真傻瓜。我在南阳见了白部长，他说老了，不要脸，痛痛快快活几天算了。我想，在脸和痛快中选择，还是痛快好些！

　　这次南阳开作协代表会，我去了两天，人家准备得天衣无缝了，我去念个报告就又回西峡了。就这么回事，顺其自然，和水一样流在哪里是哪里，不争不说，流干了就没有了水，何必要流这里流那里？人生这玩意儿想想也没多少可认真的，一切都是过去，说现在可现在马上就成了过去，既马上就成了过去又何必认真？我读了一本有关参禅的书，对我解脱一切烦恼大有益处，望你也读一点这类书！

　　顺祝大安。

书信五十九

典运

一九九○年六月一日

××弟：

你好！

寄来的报纸收到了，谢谢。

海程同志的《祝贺与祝愿》，肯定了南阳作家队伍，肯定了南阳作协的工作，读后心里又喜又忧。喜的是作协没有白成立，在南阳诸君的努力下，做出了一些成绩。我知道这是很不容易的，大家都有自己的工作，全靠对人民的热爱，对文学的热情，牺牲休息来做作协的事情，这种难能可贵的奉献精神值得我学习。忧的是有了个好的开头，如何坚持下去才能不落个虎头蛇尾？除大家继续拼搏外，还有实际问题，得有个专人来组织、协调、联络，把每个人的积极性凝聚成一团，才能使业务活动得以经常开展下去，才能把想办的事情办成办好，这一点得靠大家多方争取了。

海程同志说南阳作家队伍团结得好，是表扬，也是期望，大家应当珍惜。南阳作协的成立，成立以后能很快取得成绩，靠的就是个团结。每次去南阳，看到的听到的都是团结友爱的气氛，感受到的是温暖，是兄弟之情。文人相轻，在南阳为大家所不齿。为什么相轻？能轻了吗？别

书信六十

人不会因为被你轻了而真轻了,倒是在你轻别人时就先轻了自身。排他是作家的天敌,每个人的作品,都是用自己的心血写成的,都凝结着自己的智慧,或大或小或多或少都有独到之处,至少有独到之笔,作为同行应当去发现这些独到之处独到之笔,从中汲取营养来丰富充实自己,所以说,在你看重别人时就已经重了自己。善于发现并夸大别人的短处,又善于发现和夸大自己的长处,便会沾沾自喜,不可一世,这只能是自己的悲哀。如果再去无端损人,就不只是可悲了。把别人按下去或打倒在地,不等于自己真高了,要自己高还得自己长。南阳作家群的优势在于互相帮着长,互相比着长,结果一年一年都在长进。南阳作家群的可爱之处在于心在文中,一心想着如何写好文章,没有人心在人中,想着如何炮治①别人,因而便有了现在这个团结进步的好结局,使创作得到了繁荣。

作协成立后,组织作家采写全区的先进人物,歌颂了新生活的主流,推动了两个文明建设,还会不断燃烧着作家的创作热情,希望这种采写活动能坚持下去。

已经有了好的开端,只要坚持团结奋进,我们就会不断地出人才出作品,就不会辜负党和人民的厚望。

顺祝大安!

乔典运

一九九〇年十月十日

---

① 炮治:豫西南文言,指摆治、整治。

××：

　　你好！

　　等你来信已许久了，天天想给你回信，可总是懒，如今可真是啥也不想写了，有时想写点什么，很是激动，可眨眨眼又不激动了。

　　我想了想，自己应该快活，没有不快活的理由，可总又快活不起来，总觉着生活中少点什么，少点什么也不知道。我给自己说，看，多好的环境，多好的空气，多好的白馍，青是山绿是水，只要想着快活不就快活了吗？可是，这种强迫自己快活的办法总不能维持三五分钟，你说要命吧！出去走走吧，叫我去的地方倒不少，就是懒得动，还怕挤车，只好不死不活了。

　　何时回家来？望告我，我去内乡看你！

　　祝好。

　　　　　　　　　　　　典运

　　　　　　　　一九九○年十月十六日

书信六十一

书信六十二

××：

别来又是许久了。人生还有几多许久？

读了来信心里很不是味。可能我是局外人，体会不到斗争的乐趣，对斗来斗去一点也不感兴趣。是是非非，何是何非？是也非，非也是，是非皆非是。在郑州买了一本薄书，名曰《禅》，读了似乎明白了一点，其中有一节谈梦的。说，是梦非梦，非梦是梦。我特别赞赏"非梦是梦"之说，看不是梦，可真真是梦。今天之事，到了明天，全然成了梦，全然成了笑话。像你这种贤惠的人尚且在斗难逃，如果我在郑州说不定也会成为一条好汉。

不说了。

祝好！

老乔

一九九〇年冬

书信六十三

××老弟：

你好！

匆匆来，匆匆走，没有谈美、玩美。何时再来？

洛阳寄钱来，五百元。光寄钱，我迷了两天，谁？干啥？信到了，才知是你的恩德！说点什么？似乎说不清，还是不说吧！我已给洛阳回信，应该给一点的不给，不应给的给了，叫人心里莫名的不安！人生真是个谜，一团雾！

相片寄去了，想已收到了。

洛阳的情，你说我该咋办？虽说人家是冲着你，可我也该咋着咋着才心安！

盼信！

冬安！

老乔

一九九〇年十二月十五日

书信六十四

×× :

你好!

信拜读了,谢谢你不断的关心!

病没什么了,只是活动时刀口还有点疼,别的部件都正常,原来有些小病,通过这次大量输液也都捎带治好了,精神比之前强多了。最大的收益是病中想了许多,把过去想不开的东西全想开了。过去,一直想着生活应当是什么样子,不是应当的样子就看不惯,就气,就苦恼,甚至愤怒,就活得沉重。现在想开了,一切存在的东西,所以能存在都是必然的,既然必然也就合理,生活是什么样子咱也就照着什么样子活下去。世俗一点好。我近来活得很轻松很自然,不进街不见人,每日在家看书读报,任其日出日落,闲了去野外走走,看看麦苗,吸点新鲜空气,与世无争,更主要的是与己无争,什么生死家庭,通通都是命运安排的,连明日及下一分钟在何处做何事都不可知,听其自然吧!

想去开会,想见朋友,又没去,太远了,似乎是命中安排不去的。

评论界朋友如有兴趣来玩,欢迎之极,不用操心生活问题,愿几天就几天,一切都没问题。过去怕招待困难,怕没钱,现在不怕,因为想开了就好解决。欢迎,一定热情,叫玩个够,叫喝个够,当然还是谈个够!

你关心我,问我有没有困难,我谢谢。啥叫困难,我连这也不知道了,轻松愉快就行了。

别人若不能来,你如回来一定要告诉我,否则我会心里受到伤害的!

我一直在家,元旦前可能去南阳几天,他们要开什么会,开不开还不一定。

顺祝安好!

老乔

一九九〇年十二月二十日

书信六十五

××：

你好！

信读了，谢谢。

回来就又跌落到茫茫的荒漠中，什么都看不见，连棵小草也不见。我不会生活，像在大海中不会游泳，不被淹死才怪呢。想写点，这只是感情，理智又东一棍西一棒打来，打得感情望风而逃。想想，昨天，前天，还有大前天，一幕幕似在眼前，老了，今天就怪好，别叫明天又成为昨天。自古以来，世上有过多少人，都不是人了，就连今天的人，明天也不是人了，只有天地长存，天地间空空如也！

朋友们想来玩，代我欢迎。真心实意渴望他们来，多少人都行。路过南阳时讲了，大家都欢迎。不过，刘海程调河南日报社了，南阳花钱得靠刘海程，他一走，李克定的讨论会能否实现成了问号。不过可来西峡山里玩，人数不限，天数不限，吃住我全包了，路费要不能报，我也包了。如果有兴趣能写点小文，定有谢意。此事，我已和县一把手和有关部门商定了，你只管放心，说不定我们还能拉大旗捞点什么什么。你给广举、枢元及愿赏光的朋友们讲，一万个欢迎。为了方便，近日寄上邀请信,不写名,你写;不写日子,你们商量妥了,你填。何时来,我们可派车去南阳接。不过,最好在四月底五月初,因现在还冷,给你写这信还是坐在熊熊炭火边写的。

关于《香》这篇东西,谁愿咋都任之,捧者骂者都怪可怜的。再说,不让疯狗咬住的最好办法就是避而远之,不勾引它汪汪叫,它就无处下口。狼吃羊、猫吃鼠、鸡吃虫,被吃者对吃者何罪?照吃不误。人和动物同是天赐的生命,人杀死别的动物,还吃得津津有味乐哈哈的,吃时还大谈仁义,念过对方和自己一样也是生命吗?人是做爱的产品,下种时爱得要死、美得要命,种出来的东西却是恨得要死、苦得要命,爱和美的基因变得如此彻底,怪不?说什么种瓜得瓜?说远了。《香》也够了,拿够四次稿费了,任人去骂吧,骂人也是挣钱的方法,何苦去断别人财路。

能否请河南日报社的人也来一二?谁来都行,到深山去看看山水人。

顺祝大安!

乔典运

一九九一年三月二十六日

书信六十六

××:

来信收读,读着笑着。

我这人笨,活了几十年还没学会活人。这话有点太客气了,因为到了今天我还不知道我是个怎样的人,也就是说,我还不认识自己,我是谁?

你说我真会想,啥事都想得开,要是不会想早就气死了。你看,你这么大岁数了还不显老。我听了相信这话,就照照镜子,果然不太老。我很是自得,庆幸自己会想。我就想着往事,想着自己受过的数不尽的种种磨难:挨打挨过不止一次,一次下来身上七处流血;十冬腊月不准生火,一家人吃生红薯;被人堂堂正正请去看病,去了又被人当众撵走。皮肉苦,肚里苦,脸上苦,什么苦都受了,还常常受人讥笑,被人当猴耍。碰到这类事,自己常想,生物界讲究生态平衡,有猫就得有老鼠,不然猫就饿死了。社会上也有个生态平衡,有打人的就得有挨打的,有玩弄人的就得有被玩弄的。自己生成的这个角色有何怨言?怨有何益?有一次出门,自己买了前边的座号,刚坐下就有人踢了我一脚,叫我到后边去坐,我想争论,可一看对方横眉竖眼的样子,到嘴边的话不由咽了下去，就乖乖地到后边去坐了。气吗？不气。要是和他争斗起来，他要戳我一刀呢？戳到腿上是个伤，戳到心上就成了鬼，越想越觉得自己英明正确，还很为自己庆幸了一番。想想这些，我就认为自己肚大能容天下难容之事，好像自己还真有那么一点了不起呢。细想想，世上事太多，会想了多活几天，不会想少活几天，俗话说得好，没囊没气熬成人，有囊有气早进坟。

老乔

一九九一年六月

××：

你好！

来信读了，知你上任了，心里老不是滋味，这才叫强赶鸭子上架。想干的不叫干，不想干的偏叫干，还好似抬举，好似重用，还得承情。不过，也不失去太多，只是得到的太少罢了。我想，作为朋友，不会为你不干什么和干什么而不朋友了。你的心，你的情，大家不会忘的。何况，明天又会叫你干什么，说不定有好事在等着你！就是没有，你也要想着会有，骗骗自己，活得才有滋味！

书信六十七

我是活得轻松，可好，什么也没干，不想干，玩，工资不多月月发。不想昨天，昨天已死了；不想明天，明天还没来。想也无益，过去的已经过去了，改变不了了，未来的自己也决定不了，顺其自然。有了什么和没有什么，到头来都是一样，既一样就不必苛刻自己。二十四小时对高低人都一样看待。你过去了，我也过去了，没有过不去的，这二十四小时是轻松是沉重、是笑还是哭，全看自己选择了。

职称的事，叫人心凉，想想也不凉了，不就是多几个钱吗？有钱也是人，没钱也是人，钱多的不一定快乐，钱少的不一定痛苦,不少人还是因钱多而先死。给人说好话,叫爷,人家认咱这个孙子吗?干脆自己也当爷算了。说到职称,只是亏了建堂这种人,苦得很,这也是命不好,又有什么办法?修来世吧!

今年麦不好,前者旱,麦仁上不饱;后者涝,长在穗上出芽。农民好可怜,老天枉叫爷,一点也不可怜孙子,可孙子照样称老天为爷,这就是农民。

何时来西峡?听你的,早来早欢迎,晚来晚欢迎,不来也无可奈何!

问杜老师及全家好!

祝夏安。

老乔

一九九一年六月二十七日

××:

许久没信了，懒得很。你近况如何？常常挂念在心！来西峡的事如何？能否成行望告。

我什么地方也没去，一字也没写，为了什么，说不清。身体还将就，情绪还可以，也有些东西想写，就是没劲，大概是将死的征兆。不过，过得倒还轻松，不想昨天。都说人老了爱回忆，我怎么一点也不回忆，好似没有过昨天和前天，也没有过痛苦和欢乐，一片空白；也不想明天，没什么可想，明天是幻想，那是青少年的思想天地。静止，我的思想就是立正，永远的立正。你会说是假的，因为你还在闹市，还在左顾右盼，还在照前顾后，所以不会相信。一个人只要还在想着明天如何如何，就会思前想后，就会因因果果。人从无处来，还到无处去，无是一切，所有的有，眨眼全都无了。困惑、困难、困苦、困扰，不知有多少解不开的疙瘩，不用解，也会很快朽了，很快没有了。欢乐和烦恼，高贵和贫贱，得意和失意，到头来都一样的无。——说这干啥？混了。

祝夏安！

老乔

一九九一年八月一日

书信六十八

书信六十九

××：

你好！

我还是回去了。这里去南阳比郑州方便，今天夜里坐车明早八点钟就到了。负了你叫我去郑州的一片好心。原因有几。一是肚子有病，出门吃饭很不方便，我怕去了给你添麻烦。二是稿子写了一半，回家还得抓紧写，要写不出或误了《长城》，于心不安，人家待我太厚了。三是李国经主席说过抓紧给办，现在自己去办，似有不信他之嫌，还是停一下，有个缓冲余地。反正已拖了这么久，再拖拖也如此。四是去了就要花钱，南阳不来人不妥，我不想落个假公自吃的恶名。你知道，搬弄是非的人，咱不想惹。喜事不如无事，钱这东西可多可少，一个月多几十元又该如何？我现在天天强迫自己承认自己老了。老了还有个年轻心，可能是长处，但归根到底是短处。我现在的悲剧就是意识不到或者没意识到自己朽了。一切不愉快的根可能就在这里，知老而退才是正果。

人是什么？我算服了。自己一辈子全是优点，没一点缺点，别人一辈子都是坏处，没一点好处，我见过这种完人怪人可怕的人,每想到这种人,就觉着自己是个没用的人,咱服!我想,我今后的生活会是另一样的,积极地使自己消失,消失得没了自己,才是快乐。可是,这谈何容易!事会找自己,虽然自己不找事!一个字:难。活人太不易了。戈氏的下台上台,贵为国君尚不能自己属于自己,何况一介草民?我这不是谈国是,早无利禄之心何来忧国忧民?我只是想人的命运在天在地在何处。

临上车前写了这些腐朽的话,望善自保重,求个平安也就此心此情了。

何时去西峡?望告,等你的信!

祝好。

老乔

一九九一年九月七日

××同志：

你好！

接到来信许久了，没有给你回信，是因为给《长城》赶写稿子。原来答应给人家写个小长篇，已写了四五万字，但交稿日期快到了，怕弄不完，临时变了主意，给人家另外写了个小中篇和一个短篇，日夜加班，今天才脱稿。好在这一段身体还没出毛病，写得也算顺利。试试还能写，只要想写。就怕不想写。这一回是好吃难消化，在那里吃住人家全包了，还管烟管零花钱，不给人家写，良心过不去。写了就想，今后每个月写一个短篇，雄心不小，只怕没压力还是说说算了。

作协理事会没去，因忙，再想想凑的什么热闹，多余的人说多余的话，何益？我也有点看透了，还是写点换点安慰，别的都是假的。职称的事又想要又怕要不来，当官的不出力，下面人闲操心，还会落个争名争利，到开作协代表会时去了再说吧！

现在也怕见人。中国的是非太多了，只要沾边就有份，毛主席说没有矛盾就没有世界，咱们大概怕没了世界，就千方百计制造矛盾。啥叫人，活了一生还不知人

书信七十

性善是人性恶,人之初白读了。这事只怕永远也弄不清。

你活得也够苦了,你还说活得可以,可以当中有多少令人不可以的事!

有啥消息告诉我一二!盼着你回来,我到内乡去接你!内乡现在有熟人!

见了再谈。

祝好!

老乔

一九九一年十月二十五日

××：

你好！

想给你写信，想了许久，想想也就算了。

小康来信约稿，也没回信。说什么呢？一个字都不想写，也写不出来，完了。

托你的福，在河北吹我不轻，人家真当我有一手，其实连个小拇指头都没有。从河北回来后，想着花人家几千块，不给个东西背良心，只好硬着头皮给人家写了个小中篇和一个短篇，还不知及格否。

我现在是生活在真空中，每天在家闲坐，很少上街，怕招惹是非。人心不古，人心也不今，不知人是何心！一句话，我算服了。不过，不论什么心都会死的，想想也就释然了。你不要以为我有什么苦恼，一点也没有，安稳平静，与世无争，也就一无所有了。

你写了许多东西，好东西。写吧，趁着年轻，不要像我一样，回头一看，茫茫一片空白。

问佩甫好，祝他好运！

开作协代表会时，我可能去走走，南阳的同志们要我去看看职称，不中，就死

书信七十一

了心！不要光说有希望，又不见希望在何方！

何时来玩？我想，再来时会比以前招待得好一点！

顺祝大安。

乔

一九九一年十一月二日

书信七十二

××同志：

您好！

您几次约我谈谈创作，我当面都应允了，到写时又反悔了，不知写什么才算谈创作。创作是一回事，谈创作又是一回事，这是两门不同的学问。谈创作得很有一点学问，我没有，不敢说三道四，实在有负您的错爱。

我写了几十年小说，直到今天还不知道"创作"这两个字做何解释。我写的东西，都不是自己"创"出来的，不过是抄袭生活罢了。生活中没有的东西，我没见过的东西，我没听说过的东西，我想不出来，更写不出来了。有人说，小说都是编的，这话也对也不对。棉花不是布，可布是棉花纺的线织成的。没有棉花就没有线，没有线也就没有布。作品和生活的关系也是这样。地里不直接生产布，生活不直接生产作品。作家把数不尽的生活片段理成一条条线，才能编织成作品。正像布有各种色彩一样，作品也有各种色彩。同是一样的棉花，可以织成不同的布。同是一样的生活，可以写出各种不同的作品。这个不同，表现了作家的气质、素质和追求的不同。生活加上作家的心血，才有作品。脱离生活的作品,连生活的影子也找不到的作品,不能说没有,也不能说不叫作品,这种作品可能比写生活的作品更美,华丽得叫人眼花缭乱,可惜只是天上的一片彩霞,只能供天上的神仙做衣裳,人间无福享受,当然也就不为人间关心了。

我这样的认识全然是自说自道。世上有两类可笑的人:一是小孩,独自玩时不住嘴地说着什么;一是老人,独自坐时不住嘴地嘟囔着什么。他们不是说给别人听的,也不是说给自己听的,只是为说而说,没一点别的意思。我说创作,我说生活,也是属于上边这两类人中的一类罢了。

祝好!

乔典运

一九九一年冬

××同志：

你好！

从报纸上读到你们受奖的喜讯，为你的旗开得胜高兴，有一手，就是不简单，看胡子就是杨延景！祝你步步高升，高升了说不定咱也能披点福！

从郑州回来后，心里总有点什么，似乎没去郑州，白去了。这不是玩嘴，是真这么感觉。要说去领奖，去不去都少不了的。再说，这奖也得的有点脸红，就这一篇吃了好几回，我知道是评委们看我是乡下人，怪可怜的，念我写了一辈子，才给了我关照，并不是我得之无愧的。去郑州是想会会朋友，结果匆匆去匆匆走，连几句话都没谈成就又别了，颇有点何日再相见的失落感！

回来后，什么也没写，不想写，缺少点冲动，天天都淡淡的，淡得和茶饭一样。每天都恍恍惚惚，似乎没有了自己。我羡慕你，虽天天忙，但总有热烈，总有激动，总能品尝到自己的作用，活得有生气，有生机，有追求，总在想着明天会怎么怎么。我没有了这些，这就是我的悲哀。我也天天在骂自己，可白骂！不过，还是想写点什么的。

书信七十三

你的心情还好吧？我还是那句话,你还是写点好,你的文字太美了,弃之太可惜了,又当官又写文,会互为促成的,不要忘了,只因你是才女,才叫你肩负重任的。——又卖老教训人了,这也是我的悲哀!

来信吧!

老乔

一九九二年一月六日

××同志：

　　十五日信拜读了，谢谢！

　　××来信讲：××精神分裂，真乎？可爱的官，可怕的官，人人求之，得了又说不定会失去更多！

　　职称的事，想你已知。高评委评时，没请省职改办参加，人家不给盖章。据说，此事有吹的可能，不吹也难度很大。命里七合米，何苦求满升。俊义的职称已批了，县里也在刁难，只想给八十九元，不想给九十七元，我已跑了多天，好话坏话说尽，至今还没定局。看起来没事的事比真正有事还难办。

　　活个人咋恁难！想去修行又不想吃苦，对付着瞎活吧。反正，来日已经不多了，再伟大再幸福也是一个死，谁也不能永远幸福！

　　我能想到你们如今的气氛，几人愁，几人笑，都在按自己的想法预测结果，但有一天结果出来了，也可能愁者白愁，笑者白笑，大家会突然觉得都失落了自我，你说哩？也不外看一场不花钱的戏罢了。既然是戏，何必鼓掌，何必流泪，何必自作多情？中国人如今都需要刺激，无事看场戏也好，只是辛苦了演员！

書信七十四

新春佳节快到了,是佳节吗？反正会比平常吃得好一点,会比平常多几声笑,哪怕这笑是强挤出来的也好!

祝杜老师和你一家节日快活!

明年见。

乔典运

一九九二年一月二十五日

书信七十五

××：

你好！

从郑州归来后，一直想给你写个信，又想等你来信后再给你写信，就这样拖下来了。看到报纸，知你又当了先进，获了殊荣，为了祝贺你，才写这个信。

如今的你已不是昔日的你了，应刮目相看了。细想想，倒也合情合理，倒也早在意料中。你在报社工作，却沾了文学的光。都用印版语言写文；你却用文学语言写文，都用别人的思想作文，你却用自己的感情作文，自然光彩夺人了。我劝你挤空还是写点小说，这样可使你永远与众不同。不然，天长日久，你的才华也会成了印版，你的思想也会失去。感情这玩意儿不经常调动，也会死了的。你是个聪明绝顶的人，我说这话无知，不知羞耻，因为你是智者，我是愚人，不过我这个人爱卖老罢了。不怕你骂我老不死，不怕你笑话我，我才说了这些。说了这些，你只当看小丑们演个滑稽的小品，愿博得你一笑！

问青坡一声，那个《妈妈》，他说发大报，何时发？我想发，如不能发，也不必为难，可退给我！谢谢了。

我在《长城》上发了个中篇《多了一

笑》,《中篇小说选刊》已决定选载,你如有兴趣可看看,我在其中写了我的苦与闷,活得太太乏味了。

何时来山里一游,深入深入生活?

顺祝快活!

老乔

一九九二年四月五日

书信七十六

××：

你好！

正活得乏味时，读了你的《平常心》，心里颇有点甜味苦味。你给我打了一支强心针，难为你了，捧了老哥一下，这朋友也就够劲了。不过，我也不是争气人，总想活到这个份儿上，再活就讨人嫌了，况且，活得没一丝乐趣，吃喝玩乐，酒色财气，这些全无缘，苦也！不是不想，是没有。当初要去郑州，在人场里混，可能混出一点乐子，现在，无追求无竞争也不见人，真真是无我了，想生气也没气，连气也没有了，还有什么？

你在干什么？写了那么多，真要雄文百卷了。你的文章越写越雄，我读了一点，感慨万千，想你生就吃笔墨饭的料子，身不动膀不摇文章就出来了，如此轻松，叫我眼气。也好，现在的天下吃啥饭都不保险，有了这个手艺就不愁吃了。

什么时候来西峡玩，夏天？来吧！

县里改革比火还热，叫人人搞实体，不发财也不中了，非叫你发不中，想穷也不中，发发发，可惜不知怎么发，不是不想发，想发大财，可惜发不起来了。你有什么门道，迷途指津一下，也弄个百八万的。

你们怎么办？发了没有？快发吧，机不可失，时不再来，发他一家伙吧！

祝大发！

老乔

一九九二年四月二十二日

书信七十七

小×处长：

你好！

读了来信就笑，你把张宇写的《平常心》又深刻深刻，深刻得我不我了。我还没想过我有这么特色，不亏张宇是作家，几句话就把个老乔升华了。他是想老乔在苦水里挣扎，施舍给老乔一点稻草罢了。老乔不会不念张宇，更不会不念小王处长的施舍。我能活着，还活着，全是凭了朋友们的深情厚谊，我吃了大家的情，才活得有点想头。小×处长的恩情如海，老乔若忘了就不是老乔了。

你正坐春风，何谈抑郁？莫不是还想来个秋雨？三十郎当岁，就弄个处长，虽眼下还是副的，可已经是县太爷了。你若能到我们县里当个长，老乔不就真是春风得意了，借你的光，也能耀武扬威一番了。可惜，这是笑话。

读了你信，方知我写给你的信你没收到，奇怪！那个信说了两点，一是下人向上人建议，建议你有空时写点小说。你说焦虑不安，不安何事？恐怕就是没写小说。你有许许多多优势，优势之一就是写小说。我谈点看法，小人物对你这个大人物的看法。

你在新闻界吃香看涨，就是因为你的文章与众不同，我读过你在报纸上发的东西，别人都用官话套话写，你写的却用了自己的语言，也就是文学语言，别人都用他人的思想写，你用了自己的思想，这就显得你的文章又亲又活。就说《部长哭了》那个，还是一版，我想若换个传统报人写，绝不会这样不庄重不神圣，你这一"哭"就哭出了你的与众不同，就哭出了文章的风采了，也把报纸哭火了。堂堂的党报，堂堂的部长，怎敢哭？你就叫"哭"了，这叫传统报人想都不会想。你为何会"哭"，这就是你写小说的气质。故而，劝你这个大人物还是写点小说，别天长日久把自己的语言也全报纸化了。

下人对上人进言，你会听吗？你一定会嘲笑老乔，何许人也，也来我面前说三道四！自己都不知道自己往哪里走，还给别人指路！你会这样说我笑我吗？

信上另一件事，是我的稿子。青坡说发大报，我同意，可是总不见发，如有为难，请退。青坡也不容易，别给他添难！

我呢，还是我，活得也累，想轻松时就是沉重时。我常想，何必自我虐待，可虐待惯了，不虐待谈何容易？就说写东西吧，看了别人的文章就自叹不如，不如得很，就羞愧得不想再写了。我也常劝自己，随便一点，自自然然地活，自自然然地写，可是不中，总自然不成——贱人，生成的苦命！欢乐何处有？有那么一点点也好啊！谁肯给呢？每个人的欢乐都不多，谁肯把欢乐再给别人？

不说了。张宇成了自由民，张宇也不欢乐，见了替我问好！问五魁好！青坡好！都好！祝春风春雨春心。

老乔

一九九二年五月十日

书信七十八

××：

好吧？

回来就想给你写信，先是忙，后是病。现在可写了，又不知该说什么，又觉着没话可说了。你给艾东的信，他们来信了，说是弄错了，说不光错我一个，答应给补上。想想咱这号人也可怜也不要脸，都是朋友，为了几个钱就争；再想，这钱不给咱，他们也装不进自己口袋里。

那个短篇还放着，没外寄，我怕伤了艾东他们，咱在石家庄人家也够味了。这次得奖，我真有点不好意思。佩甫都没得，荃法也没得，彦英也没得，我知道我自己，我的作品比不上他们，没有才华，有事没文，奖得的有点脸红。这个奖，有这么多钱，都是你的恩赐，要不是小老弟你这点勇气拔刀相助，这篇小说算个球。说真的，要是我，我就不和人家争了，砍就砍了。又是全国奖，又是省里奖，还是你有气派，有眼力，做人做得像个人，还一手帮我也成了个人，真是有志不在年高！

来西峡玩的事，不知你意下如何？去年请了人没来成，今年可来吧？我回来给书记、县长也就是一、二把手都讲了，都欢迎，具体事以后再说，要来，就是七八月份,住的吃的都没问题,肯定比上次来要好些。我给南丁也写了信,商量后再给你信!

祝好。

老乔

一九九二年六月十五日

××:

你好!

读了你的信,为你高兴,因为你要有新工作了。去哪里? 昨天见了王岭群,问他,他说,正在报组织部批,再问就不说了。希望你能升升,承认现实,啥都没有这好。谁说不想当,我看全是假的,多少强调自己清高的人,也不过是用清高来堵住别人的嘴罢了。我都想当。

你叫我请请杨杰,我已给她写信了。不为别的,只觉着这位女同胞够味,又不认识而甘愿给跑腿,把咱当人看,是个好心人,如今天下这种人已不多了,叫我感动。如果这次她不能来,什么时候来都欢迎,总要报答一回。

我们的职称批下来了,虽说我已经晚了,人家说岁数过了不给兑现了,可别人算落到手里,特别是兰建堂,老实人可怜人,这一回多少得到了一点安慰,我心里也挺高兴。

你说的不假,好事像个轻浮浪漫的女人,这女人又特别漂亮,追求者太多了,自己追不上只能怪自己没本事,不能怪那个女人。现在这世界,你不拼命追,人家能看你可怜就一头扑到你怀里? 那个"延长

书信七十九

退休年龄申报表"和政府补贴,是两个美女,不会看中我的。你曾说费了不少心,你说,我该怎么去争取?如果需要花个啥,我也很情愿。你看,老乔原来也这么没人格,也这么庸俗!再想想,何苦,说不定明天就死了。人啊,活到这个分儿上也真不算人了,看见"美女"骨头都软了。

我给南丁写信了,要来时,可约上广举、桂堂、枢元、杨杰,我不知他和这些人关系如何,我想,何苦成年关系关系的。你不来,我可是有点想法。算了,以后再说。

我前天去了南阳,为我们县里一位美术作者在南阳搞美展,去参加开幕式,去了就当天回来了。世界处处无净土,就是有净土,只要人一去就不净了。南阳,为了组织奖又在不安,我只好听天由命了。反正,不死就别想安静,还是当个二球好!

杜老师及全家好!

祝夏安。

老乔

一九九二年七月四日

书信八十

××同志：

近好！

你的集子有没有结果？念念。如今人情薄如纸，全靠钱，面子似乎靠边站了，当然，大面子也值钱，希望你用用，面子这东西不用白不用，早点把书弄出来！

日前去南阳，听说你的先生发了大财，一夜之间赚了五十万！这可真是福如东海了，你这一辈子算跳到福窝里了。五十万！想想都叫人头晕眼花，再见你时就得抬头望星月了。人真是不可思议，说发就发了，说穷就穷了，除了用命来解释，还能用什么能说清白？五十万，你可变成富婆了，真想咬你一口，就怕从此不再认识在下是老几了！

我还是穷酸相，只是比以前更酸臭了。想想这一辈子算白活了，混了一身份，挨打挨斗挨骂，除了挨再没什么值得回想了。生成的挨相有什么办法？想想你的五十万，再也没心写什么球文章了，写了也是不值几根汗毛，再写也是个穷，何不落个穷自在，何必自找苦吃！

这信也白写了。你怎么会给个穷人回信，有伤富贵！不过，不会忘记你昔日对穷人的恩惠，才大胆写这信，很有点攀高结贵小人味！

四月份开会时再见、再谈！

祝大安！

老乔

一九九三年三月十七日

书信八十一

××:

你好!

要什么名人评论,我就没收拾保存过这类东西,我认为这是人家的作品,与我无关。费了好大劲,才找了这点。算了,何苦用名人往自己脸上贴金!

去年,刘思谦老师在北方一个刊物上,发表了一篇几万字的评论我的文章,刊物和作品名字都忘了,不说似乎有点对不起她。

本来要去郑州复查的,想了想,还是等你来参加笔会后,送你回去时再检查。等南阳文代会开了,就接着笔会,来吧,何苦死守,难道真怕走了就有人夺权?这次笔会是南阳历次笔会没有过的,来了就知。

祝好。

老乔

一九九三年四月十八日

书信八十二

××：

你好！杜老师好！

早该给你写信。事忙完了把你和大家忘了，绝无此意，不写是不知说什么好，再加这个会一开没了情趣，越发觉着活得没一点自己，就这样麻麻木木了。会散到今两个月了，没有下过岗，没有见过县里的人，每日在家闲坐，不见不听不问，倒也清闲，一句话，在家等死。这把年纪了，还争什么？也没写，过去写点什么是那个年月写家少，侥幸的，如今人才挤死人，自己那点笨才正是垃圾了，想想就不愿再献丑了。

你还快乐吧？你活得很累，但你活得大家高兴，在我认识的人里，你真是一等一的大好人。我常常想，我欠了你许多的债。一个山里人，每次去郑州都受到了你的恩惠，为我办了许许多多事，每次都不烦，都是真心真意、诚心诚意，你从没想过我给你办不了任何事。纯朴的友情，我现在想想可真对不起你，不像有些人全是利害考虑，凭这一点我服你！——说这干啥？好像到死的时候了。反正，欠你很多！

这次笔会，一弓这个热心肠的朋友表

现了最热的心肠,我没能回报万一,心里深深不安,愧得很!不知此生还能报答不能?

你走时说到南阳给人家打电话,周熠们等了又等,谁知你径直走了,真是不麻烦人第一,何苦自爱自廉?

祝好!

老乔

一九九三年十月二十一日

书信八十三

××：

　　你好！

　　很久没摸过笔了,不为什么,就是不想写字,今天给你写信,也算开了戒。嗓子还疼。这只是给自己放任的借口,天天都想干点活,天天又宽大自己,说,有病,何苦虐待自己。我这人一生没大志,得过且过,还美其名曰:自自然然生,自自然然活,自自然然死。其实,活得一点也不自然,首先是有一个不自然的心。看破红尘,是红尘不让自己融入红尘,才有了看破,这也是一种无奈。其实,看破红尘的人最爱红尘了。我想,人活着总得做点,做不了也得看点、读点。这几日一直不安,恨自己不该空过。

　　你对我的关爱,使我无时不在感念。我于你何益? 受你一次次的恩惠,我深感不安。你会说没什么,是的,你确没有将大富大贵赐我,可你尽其心尽其力,你能做的全做了,这比朝廷爷赐人半壁江山还多,因他给了别人半壁自己还有半壁。我想回报你,可空有心而无力,惭愧。咱们认识多年了,你一个诚字不知感动了我多少回。最使我遗憾的是,不说帮你什么了,连好好谈谈心说说话都没有,见也匆匆别也匆匆,想到此就不好受。

你在干什么?你还年轻,还有个活头和干头,总希望你能拾到幸福。在当今这种气候里,你洁身自好地做人,单这一点就使我看到了春天。如有可能,希望来玩几日,我一定陪你在水边看看,在树林走走,也回归自然几天,如何?

乔典运

一九九四年六月三日

××:

你过得一定很神仙吧！先说正事。你夫人连来两信,还寄来刊物,想叫我发个财,我受宠若惊,感激感谢。可惜,苦于和公安没交道,不知写啥好！一是你给我对她致谢,就说老乔给她作揖了,二是转告她,我一定写,朋友照顾的这个钱不拿就不识抬举！千万！

你在干啥？我读了你的《垃圾问题》,越来越放浪了,随心随手,我佩服！我什么也没写,绝笔了,得承认一个老字,知老而退也是一种高尚吧,你说呢？活得倒很散淡自由,没人管没人问,吃喝睡三件大事全凭自己支配,不问天下事,天下事也不问我,找乐吧！

你下海了没有？发财的事该发就发,过了这个村就没了这个店,抓而不紧等于不抓,愿你早日成为大腕大款,至少也弄个中款,别落个没款。人到老时方恨钱少,我现在才尝到了没钱的滋味。钱中自有黄金屋,钱中才有美如玉,可惜,生来穷,活得穷,穷到死,可悲！如果有兴趣可来西峡玩,玩几天都行！祝夏安！

老乔

一九九四年六月四日

书信八十四

××：

　　你开心了！

　　听到你童女般的声音，感到你年轻了许多，天真了许多！真的，从你的声音中我听见了你的青春！

　　我二十四日去南阳开会，五天。文代会四月初开。叫我开，我就开，反正就是个吃、玩、说闲话。我这人已经没有了自我，我把我捐给了别人，任人牵着走推着走，多快活，不必自己操自己的心了。像落在江河中的一片叶子，漂到何处都可以，身子和心灵都付给了东西南北风，怎么对待我都乐于接受。有人把我当傻瓜，有人把我当恶魔，我知道善心和爱心得到的全是相反的东西。我不气，因为我于心无愧，我付出了真心，我就心安。人间什么都能让人接受，什么都可爱，老了，丑了，病了，残了，穷了，沦落了，这都不丑，唯有假才是真丑。玩假的人自认玩了别人，实在是错了，玩假的人是先玩弄了自己的良知良心，玩的次数多了，自己就没了良知良心，没有了良知良心就不是人了。

　　曾臻给了我个小稿，我读了，还不错，你看看，若还可以，想办法发了。她很自

书信八十五

爱,从没张过口。她是个好女子,一贯乐于助人,却常被人害。发过不少中篇小说,在南阳却被人无故排挤。这次我在南阳住院,受到她许多照顾,有恩于我,请你代我报答了!

盼来电话!

祝快活。

老乔

一九九五年三月十八日

××先生：

您好！

十年前参加中国作家代表团访粤访深圳之行，受到您处处的关照，至今不忘！

万没想到您还记着我，记着一个深山老林里的作者。读了您的来信，我想哭，因为您和中国作协、中华文学基金会给我寄来了爱心，北京寄来的爱心，中国作协记着它的会员，一个远在几千里之外的普通会员，使我感激、感动不已。

去年我得了咽癌，在郑州动了手术，至今还在恢复中，老了病了无用了，却得到远方的友情，是人生的一大幸事，是心灵一大抚慰，使我感到幸福和温暖。

谢谢！将永远记着您的好意。

乔典运

一九九五年秋

书信八十六

书信八十七

××：

你好！杜老师好！全家好！给你们拜年了，祝好，样样都好！

写字是很久以前的事了，现在又提笔颇有点隔世之感，真是自己在写吗？总恍惚，总认为那个老乔不是已经死了吗？十个月，两头做两次手术，得了两个癌，想想挺可怕的，想想也挺可笑的，该死不死，图赖住人世了，虽然这人世并不美好，可这人世充满的还是爱。这两年我得了多少爱，多得难以说清。

我是个无用之人，无钱无权无力，不能给朋友们一丝一毫帮助，一个无用之人，何况又看着要死了，可是朋友们却那样待我，不是一天两天，是一年两年，这么长时间，我得到了多少爱的抚摸，我受之有愧！特别忘不了杜老师在大街上流的眼泪，到今天想起来我还想哭！友情到如此地步，我大大满足！可怜我无力回报一二，只有来生来世再报了！

回来后一切都好。每天散散步，吃和睡是唯一的事，别的不想更不干，也行，就这样等待吧，等春暖花开，也等死！古今中外的各色人等，结果都是一样，不同的是过程。不过，过程再好再坏都改变不了结果的相同,老天爷总算给人们一次平等,天赋人权,大概就是指的这个!

好了,不说了,你看我这字就知道我还能不能写字了!

祝好!

老乔

一九九五年腊月二十五

书信八十八

××：

给你和杜老师拜年了,祝走好运!

本该先给你去信,总是打不起精神,结果叫你占了先。这次在郑州治病,你跑来跑去跑尽了乡情友情,我一家人都念念不忘! 大恩不言谢,就不多说了。

这次开会没去,很对不起关心我的朋友,是真有病。在郑州时,劲没散,回来后才真是瘫了,要不是怕死,气都没力出。没去领受大家的关爱,心里总觉着少点什么。

南阳作家队伍的成长,和你这位老乡的浇水有很大关系,这绝不是恭维话,有口皆碑。这次会开得如何不是主要的,主要的是开了,没有先例地开了,就这一点就了不起。南阳作家应当更好地作文和做人,不要经不起捧一下,捧一下就晕了头转了向。

你说,你觉着这会有点味不对,你的味觉是灵敏准确的。不过,也没什么,都还顾大局,就这都行。活个人不易,为了活得好一点,不免会伤害别人,看似可恶,想想也可理解,大自然都如此,何况高级动物? 会后,他们来看了我,除了××因事没来都来了,在招待所痛饮一下,都很愉快。南阳出过三国故事,刘关张三结义,这风气沿袭至今,大家都很讲义气,我也很感动感激!

过了年,正月十六去郑州开人代会,顺便检查一下病,到时再详谈!

祝年好!

老乔

一九九五年腊月二十七

××：

你好！孩子好！给你拜年，祝新一年里万事顺心！

今天大年初一给你写信，把最吉祥的日子献给你，虽不挡风遮雨，总算是颗滚烫的心！

不知你屋里有暖气没有？一冬如春，到了真正的春节，却冷成冬天了。外边下着雪，一阵鹅毛，一阵白糖，地下一片白了。我坐在窗前，烤着炭火，看着外边洁白的世界，不由想起了你。你的心就如此洁白。初次相识，在文化厅招待所，大家在说社会上的不平，你睁大眼听得很专注，末了你说，真有这种事吗？我反而惊讶了，这个姑娘难道是天外来客？我当时真怀疑你是装的。后来相识久了，我才发现你是一个还没被污染的人，还是个天然人。年前在郑州住院，你去看我，闲谈中你说，你想来想去想不出一个可恨的人，这句话真叫人猛惊。天下还有你这种善心善人，也算是天下之幸，总算天下还有个好人。虽然，你遇到了许许多多不快不幸，天下没有善待你，你却善待天下，你也就活得自然自在无愧了。

我还是这样，病重时想活，病轻时想

书信八十九

死,人大概就是这个样,活得不合逻辑吧。总觉着心烦,活得没滋没味,想到将来总是要死,就想不如现在就死,也省点日头。老实说,我是活在友情里,这么多朋友给了我难以言表的人间真情,我不能给朋友丝毫,朋友却给了我生命的活力。就说海程吧,那年冬天下着雪的深夜,他给送鱼,他冷了,却热了我的心。还有你,那天,我刚做了手术,你坐在病床上,紧紧握着我的双手,使我忘了病痛。我活在大家的爱心里,不忘,永记在心!

写你的小说吧,把才华流出来,你的不幸可能造就你的大幸,你怎么不能成气候呢? 一定能成的!

来人了,下次再写!

祝大器就成。

老乔

一九九六年大年初一

书信九十

××二位主席：

你们好！

路经南阳，承蒙盛情招待，文联没钱，我心里又感激又惭愧！

关于我创作四十年研究之事，你们的好意我心领了，但绝不敢当。回首几十年来，我并没有写出值得一提的作品，相反，党和朋友们给了我过多的厚爱。特别近年来，在我病重之时，四面八方的友爱给了我生的信心，给我生命的力量，使我战胜了死亡。每想及此，就觉得欠大家的太多太多了，良心已经不安了，再也不能承受更多的抬爱了。南阳有成就有才华的同志很多，他们是希望，用这有限的财力人力去总结一个即将过去的人，不如用这财力人力去宣传一个即将创造辉煌的人，这对我们南阳的今天明天都是一件有益的事。我绝不是谦辞，是真心而坚决的谢绝。我祈求领导和朋友们接受我的建议！

乔典运

一九九六年冬

书信九十一

××、××：

　　谢谢寄来贺年卡,收到了你们的祝愿,可能是我得以还活着的因素。

　　我在天堂外边逗留了多日,天堂不开门,我只好又回人间了。其实去天堂也不痛苦,还挺轻快的,恍惚中的事罢了!

　　谢谢了!

　　祝万事如心!

　　　　　　　　　　　　老乔

　　　　　　　　　一九九七年元旦

书信
与阎纲关于
《村魂》的通信

书信·未竟稿卷

一

阎纲①同志：

　　你对拙作《村魂》的关心，我十分感谢。读了《红旗》上的《笑比哭难受》，不知为什么我流了眼泪，心里长久不能平静。我是山里人，怯生怕人，又不善于说话寄信，不知该说些什么才好。

　　寄上拙作《小院恩仇》一本和近期发的一篇小说《满票》，请您存念吧！

乔典运

一九八五年四月一日

二

典运同志：

　　四月一日函诵悉。《笑比哭难受》一文，是在哭笑交加的精神状态下，在"一九八四年全国优秀短篇小说奖"的评委会评选期间一个夜里完成的，没有想到《红旗》杂志竟然发表。

　　我对《村魂》有一种特殊的感情，从中也可见我的父老乡亲以及"四清"和干校时的乡亲父老。一代农民的不幸在你笔下诚实地得以表现。你果真熟悉农民、热爱农民，自己就是地地道道的农民。

---

① 阎纲（1932— ），陕西咸阳礼泉人。著名作家、评论家，曾供职中国作家协会，后调文化部。参与编辑的报刊有《文艺报》《人民文学》《小说选刊》《中国文化报》等。出版评论集、散文集《文坛徜徉录》《我吻女儿的前额》等多部。

我哪里说错了,请你指出。

编辑部的同志早已发现《奔流》发表的《满票》,已经发稿,在《小说选刊》下期(第五期)即可登出。《村魂》《满票》像是姊妹篇。《村魂》写了张老七,一辈子愚忠;《满票》写何老十,一辈子夸穷。可怜的何老十和张老七一样,紧跟一辈子,到头来连一家子亲人都失掉了。他们跟"上级",却没有人跟他,可怜复可怜,可悲复可悲,谁之罪?

我自以为非常理解张老七和何老十,从历史上抛弃他们我于心不忍,可是,能不被时代抛弃吗?

以你的功力,循此以往,很可能塑造出新中国农村特有的畸形农民典型。务请十八日前写篇"创作谈"寄《小说选刊》,勿误。

阎纲

一九八五年四月九日

三

阎纲同志:

我不会写创作谈,也不配。你来信后,我一直发愁,憋了这么多天,这样写写,那样写写,咋也不像个文章。时间到了,只好寄给你,你可以大刀阔斧地改改。如不合用,也就算了,我不会心疼的。你的好心我记下了,感激你对我这个山野之人的爱护和帮助!

你在《红旗》上发的文章,我读了多遍,每次心里都热乎乎的,特别文章最后对我的宽厚谅解,更使我感动。说实在的,那个光明尾巴是我最后才加上去的,我怕,不得不安个光明尾巴,谁知道坏了事！

乔典运

一九八五年四月十五日

四

典运同志：

昨天刚刚发稿，今天收到大作，只好留待第七期了。

几天前《红旗》杂志何望贤、丁振海同志分别打电话告我，拙作发表后反应强烈，争论激烈，不少人（特别是农村基层干部）反对我。我以为这涉及要不要和怎样彻底否定"文革"的问题，还涉及一个人生大课题：是道德评价，还是历史评价？

阎纲

一九八五年四月二十二日

五

阎纲同志：

四月二十二日来信拜读，知道稿子寄去晚了，没赶上发稿，都怨我。发七期也好。

大作在《红旗》发后，在我县引起强烈反应，各级干部都看了评论，然后才看《村魂》。宣传部还结合整党学习，读了大作和《村魂》。县委叫广播站向全县广播了大作。此事对我是个很大的鼓励和鞭策,不知如何感谢才好!

正如你信上讲的,基层干部同情张老七,不少人见了我都说:"你写的张老七就是我!"我想,没有那个老王代表的力量,张老七有何不好!《满票》中的何老十更为悲惨,像何老十这么大岁数,五十年代初的农村基层干部,如今百分之九十以上都下台了。他们没有退休金,又因为三十年来的所作所为,大家回头一看他们基本上错了,对他们又恨又怜,他们落了个啥,连空洞的同情都很少能得到!当初,他们作为受压迫剥削的可怜人上了台,如今又作为使大家受罪的根子被挖掉了,还是可怜。如今这部分人在农村混得都不怎么样,大伙说他们保守、僵化、正统,还在想维护着那种自认为可贵的东西! 唉!

乔典运

一九八五年五月一日

书信
与杨兰春的通信

书信·未竟稿卷

致乔典运

乔典运同志,同道,同心,同命:

你好!

你回县之后经常想念你,非常想念! 每晚躺下总要想一阵子。现在身体如何? 念念!(一九)六〇年在那难以保命,又不敢说实话,随时准备和农民一起饿肚年月,有幸和你相识,从此打上了永远扣抠不掉的烙印。初次相处虽不敢明讲直道各自的观点,但通过讨论剧本,自然而然流露出双方的真情实意。你我虽不是超人聪明,但也非实傻之辈。在那刮大风、吹大气、比说谎、讲斗争、论成份、憋死也不能讲实话的环境中,能和你共心,比见了老天爷还高兴,可谓人生一大快事! 尤其你我这号容易招非惹祸之人,在一起放心安生(我当时戴着五顶"反党"帽子)。

听秀芳说你又一次手术,闻之更为惦念,肉皮毕竟不是树皮,树皮连砍几下也会流水呢! 但我深信,你是硬汉子,铁汉子。砸不扁、打不烂、碾不碎、砍不断的人,掉头也不在乔家话下! 祝你健康长寿!

偶尔在《躬耕》一九九六年四期看到王桂芳同志的《忘年交老乔》,写得真好。像你,很像你,真像你,就是你,完全是你。简直像站在我跟前和我说话。她了解你,理解你,同情你,毫不夸张地写出了活老乔。她和张宇的风格不同,但都写的是活乔典运。请你代我向她问好,凡你的朋友、友者,均为我之好友也。我很想见见她,她早晚来郑州,望她来我家一坐。

在我的心目中,最尊敬两位农民作家,一是赵树理,二是乔典运。

我曾多次接触赵树理,他的作品几乎一篇不漏,他对我帮助很大,我所编导的戏他都看过,他的人民代表选区在河南,每次来河南总要看看我。遗憾的是你的作品,没有全看过,现在深感遗憾,也是失去向你学习的机会。

近年来,我的身体远不如过去,最近又住了段医院,刚出院。早想给你写信,一直拖到今天,见信后请你让桂芳同志代你写封回信,将你的身体情况告诉我。

人生来世有几何,

怎样死来怎样活。

真情良友有几个,

万事如意有几多。

天地做证你和我,

何时为己图享乐。

自己历史自己写,

青红皂白各图色。

水流千年归大海,

树叶终归树根落。

日月家家门前过,

何惧天下人评说。

杨兰春

一九九六年十一月二十七日

致杨兰春①

老杨哥：

　　您好！

　　收到您的来信甚为感动。我在天堂门外站了几天，天堂不开门，我又回来了！

　　明天是新年，祝您身体健康，新年快乐！

乔典运

一九九六年十二月三十一日

致乔典运②

　　喂——乔典运长途！

　　喂，你是王桂芳同志吗？

　　桂芳同志你好，我是杨兰春哪！

　　请你转告乔典运：

　　他！他、他、他、他……

　　（唱豫剧慢二八板）

　　乔典运乔典运胆量不小，

---

① 杨兰春(1920—2009)，河北武安人。著名剧作家、导演，曾任河南省文联副主席、中国剧协第四届副主席，为中国戏曲现代戏奠基人、豫剧现代戏开拓者。代表作有豫剧《朝阳沟》《李双双》《小二黑结婚》等多部。

② 此为一封唱词信。当年由西峡县剧团谱曲演唱，录制成磁带，在医院病房里给乔典运播放。乔典运听后感动不已……

你变的不知地厚天高。

西峡的自然景何等之好，

在全国也恐怕难选难挑。

既如此满足不了你需要，

竟敢去"天堂门外"逛一遭。

你将亲朋厚友吓了一跳，

全家人更为你火燎心焦！

我看了你的信又气又恼，

恨不得见了你棒打棍敲。

我闻之一时神魂颠倒，

天堂门有什么可逛可瞧？

你欠的农民文债有多少？

交不清还不完难把你饶。

中央决心改变贫困面貌，

难道你不参加半路"跳槽"？

莫非你临阵逃脱改行换调？

乔典运可不是软蛋脓包。

你的威名天地神鬼知道，

天堂爷不开门怕咱老乔。

乔典运骨头硬何人不晓，

癌症碰乔家手算根球毛。

乔典运并非是泥捏纸造，

他生就长成了硬汉一条。

九七年你一定吉星高照，

从此癌魔见你东躲西逃。

县委县政府对你百般照料，

多少文友为你鼓劲撑腰。

以后再不准你胡逛瞎跑，

唯一任务坚韧积极治疗。

再敢胡跑就给戴上脚镣，

全家人和桂芳把你看牢。

老朋友老交情不必客套，

再想去天堂门咱彻底断交！

祝福你步步踏入阳关道！

望来年严冬尽冰化雪消！

杨兰春

一九九七年一月十日

致杨兰春

老杨哥：

您好！

读信之后，又想起我们交往三四十年的点点滴滴，感动！感谢！

我的身体已经很差了。人事已尽，天命难违，何争早晚，早去早安。恩情难还，万分感谢！

您保重！祝健康！

乔典运

一九九七年一月十四日

未竟稿
读书笔记与感言

书信·未竟稿卷

东汉以后才有文章。司马迁、司马相如、班固才写文章,在此之前都是史官,严格讲,史官就是文学之祖。

司马迁最伟大之处是创作了《史记》。他首先是历史学家,文学家归根到底是历史学家,因为写的都是社会,记录了某一个历史阶段。司马迁的《史记》把历史形象化了,他的传记文不是历史作品,而是富有文学性了。

学《史记》是为了得到启发,司马迁有广阔的知识,丰富的实践经验,他一生几乎到过整个中国。汉武帝走到哪里,他跟到哪里。他坚忍不拔,终于写成了《太史公书》,即《史记》,成就了他的一家之言。原来的史学是编年体的史学,从他开始才有了传记体史学。

汉初,统治阶级总结了秦亡汉兴的历史经验,如贾山的至言,同时探讨了为什么会改朝换代,如"王法终始论",夏商周三代,夏尚忠,商尚法,周尚文。司马迁处在这个时代,又是董仲舒的学生,但他没用著的方法。孔子著《春秋》是为奴隶主服务的,司马迁也是为了维护汉的利益。历史没有不为当时的统治阶级服务的。

当时诸子百家各成一家,司马迁也要

谈《史记》

自成一家,故而不肯沿用旧的编年史。当时有史官,左使记言,右使记事。中国最早的记言文是《尚书》,都是记的帝王的话。古时的历史记得详细的有《国语》和《左传》,都很有文采,《左传》可能是吴起父子作的,写了春秋二百四十二年的历史,不仅记事,也记言,既有天地鬼神和战争,也有人物言谈细节,特别是战争记得很详细。

战国历史书很少,秦始皇烧外国的书,他秦国的书不烧。故而,今天秦国的史料很多,别的国则很少。诸子百家为了讲明自己的观点,就打比喻、讲故事,来说明自己的论点。司马迁也受到这种影响,才产生了新的传记历史。

司马迁写的是历史,他必须正确处理历史资料,不论写在纸上的,或是口传的,都有真伪,必须考证,以六经作为考证的根据,他相信自己亲身经历的事,以《五帝本纪》作为《本纪》的开篇。

《史记》是实录,记载了真实的历史,因而被攻击为谤书。《史记》揭露了当时统治阶级的罪恶,而被定此罪。自古至今,没有哪个史学家可以和司马迁相比,他才真是实录。当然,他也有忌讳。

为什么人写传的问题,《史记》写得很广泛。各阶层、各阶级人物都有,历代实不多见。如为坏人写传,游侠、刺客、商人都有。写帝王为了纪念,王以下如丞相,则不一定每人都写,大臣则看其是否有所作为和贡献。

写传记有个基本原则,就是看为人,写为人,写人的复杂性,写社会在他身上的反映。注意了复杂性,好人身上有错误,坏人身上有优点,因而达到真实性和倾向性的统一。有个人的好恶。顾炎武说,《史记》中没有议论,寓论于叙事之中,用事实说话,作者隐藏于事实之后。如《项羽本纪》,司马迁同情项羽,用饱满的热情赞扬了项羽的功劳与精神,是他摧毁了秦王朝的主力,他粗鲁又沽名钓誉,胸无大志,富贵不归故乡,如锦衣夜行等,都是通过本人事迹来表现作者的观点,没有一点议论,却表现了自己的爱憎。《伯夷列传》,有作者的议论,但关于伯夷,在史书上没有记载。鲁迅把此篇比作杂文,因事实很少。屈原也如此,事实太少,没得可写,故发了议论。司马迁的传记都是个性和共性相统一的典型,没有固定格式,因人因事成文。如为一人写传的叫单传,两人三人合写一篇的叫合传,还有类传(一个类型的人写一篇)。根据人物的特点,取舍事件以大事为主,从没发迹时写起,对年轻时所作所为不隐恶,写少时的事和成年时的事,在思想上都统一。再一点,很会剪接,如李广一生战斗千百次,却只写两次,一次以百人抵万人,一次以四千人抵四万人。取事不多,很能表现人。

《史记》另一个惯用的手法是"互见法",避免一篇中堆砌事件,一篇只写一个主要的事件,用力写主要的,描状态,描人物,是史官记史的高度发展,也是后来小说家的祖师爷。小说家不能离开历史。《鸿门宴》写了经过、人物,就成了小说。繁简相间,波澜起伏,引人入胜,丰富多彩。《史记》写得生动,有人就认为不是历史,实在是历史。

司马迁广泛采用了方言、土语,人物对话前后一致,用如闻其声的对话刻画人物,又强调夸张突出人物,开创了历史文献和文学相结合的风格。他目睹世态炎凉,同情不幸的人物,厌恶苟合之徒,一腔孤愤,无可倾告,都流露在他的《史记》中。他写的《史记》,创造了文外无穷的奇迹。

1980 年 4 月

谈唐宋传奇

●

一个作家没有生活不行，但不吸收传统手法，缺乏技巧，表现的东西也不能感动人。传统的文化遗产不仅优秀的作品要吸收，就是消极的作品里边也有可吸收的东西。唐宋传奇是中国文学特别是小说上的一个里程碑，魏晋有了奇怪的小说，基本上没有故事情节。如《世说新语》中吃鸡蛋的故事；还有《关林故事》，关林和华歆锄地，遇到一块金子，关林目不斜视而过，华歆动了心，把金子拾起来，扔到一边。

传奇是在志怪小说基础上发展的，又是在《世说新语》上发展起来的。

传奇这个名称来自宋初，原来曾叫"怪异记传""异传怪录"，对后来的话本小说和长篇小说起到了奠基作用。传奇的题材十分广泛。

传奇的艺术特色具有史才、诗笔、议论三大特点，是诗和散文的结合体，有共同特征，但没固定格式。情节离奇，但不能深刻反映生活，就不能称为艺术品，虽有艺术才能，但内容不好，亦不能称为好作品。

谈《霍小玉》的艺术构思。通过完美

的艺术形式来表现思想,作家是怎样完成悲剧故事的呢?李益确有其人,少有疑病,癫而忌刻,传说他出门时,便用木盆把妻子扣住,加上封条。但作家没写这些生理上的毛病,而写了奉父母之命,才弃小玉,因而作品便具有反封建的社会意义。

1983 年 3 月

读《水浒传》
第十六回《智
取生辰纲》

一　中国古典小说发展轮廓

古典长篇小说从严格意义上讲,是从元末明初的《三国演义》开始,形成于宋代的讲史(说话人,利用历史上人物的错综复杂的故事,成月讲下去),讲史每讲一天谓一回。为了吸引观众,便用惊心动魄的未了事吸引观众,下次再来。当时(宋),随着市民阶层队伍日益庞大,说话人也日益多起来,据《东京梦华录》记载:"说话人不可胜数,不以风雨寒暑,诸棚看人,日日如是。每日五更,头回小杂剧,差晚不及矣。"

古典小说为什么发源于唐宋,兴盛于元末明初呢? 只有封建社会达到高度发达,出现了大城市,分工也较细微,人们也有了较富裕的生活和空余时间,才可能去瓦市听人说书,才出现了说书人。唐代,当时有四十多个国家和中国有往来。北宋的首都汴梁城据说总户数达二十多万。元代之后,蒙古贵族排斥汉族读书人,于是这些人就投身于瓦市,为说话人写底本。上不能达就专力写话本。再加上印刷术的发展,能印长篇小说,以及城市形成了普遍的语言,唐代开始有了普通话(一个街道上住着九州人)。

明清是古典长篇小说发展的鼎盛时期,如《三国演义》《水浒传》《红楼梦》《西游记》等,在世界上受到欢迎,其艺术都是成熟的,接近于典型环境的典型性格。《水浒传》在写农民起义方面的内容,在世界上都是首屈一指。

《三国演义》《水浒传》出现在十三、十四世纪,当时西欧还处于中古时代,他们的文学还是宣扬骑士精神,宣扬为贵夫人卖命。虽有长篇的骑士文学,但口口相传,没有文字成书。他们真正有长篇是十六、十七世纪,最早的是西班牙的《堂吉诃德》。

西欧最早的作家是英国的亨利·裴尔丁(今译菲尔丁),翻译过来的他的作品有《汤姆·琼斯》,当时是十八世纪。如果把《红楼梦》看作批判现实主义作品,那么它的出现也比西欧的同类小说《红与黑》早一个世纪。

二　中国古典小说说话艺术的特点

一、语言通俗化,在运用群众活泼、个性化的语言方面,有突出成就。用语言塑造出丰富的性格。

二、故事情节生动曲折,波澜起伏,扣人心弦,能调动听众的积极性。很讲究有话则长,无话则短。正如罗烨的《醉翁谈录》所说,"讲论处,不滞搭,不絮烦。敷衍处,有规模,有收拾。冷淡处,提掇得有家数。热闹处,敷衍得更久长"。

三、取材奇异,布局巧妙。说书人总要搜索"标异出奇,豁人耳目"的材料和构思,使观众老想听下去。

四、在行动中刻画人物。在情节发展中刻画人物,让人物用自己的行动来描绘自己。以人物行动为中心,凡细节、环境、内心独白等都统一于人物的行动。人物的行动推动故事情节的发展,抓取人物特有的动作来表现人物的内心活动,使读者看到动作就知道人物在想什么,自行挖掘灵魂深处的活动,让读者用自己的生活经验去理解人物行动背后的潜台词。

中国小说偏重于叙述,外国小说则偏重于描写。中国小说也有缺陷,细条粗犷(《红楼梦》例外,因《红楼梦》一开始就是书面文学)。

腹内空空的作家,可能对某一段生活有特殊的感情,写出一两篇好作品,可是没有丰富的历史文学、现代文学知识,就不能成为一个有成就的作家。

三 分析《智取生辰纲》

《智取生辰纲》是描写农民暴动的精彩篇章。它拉开了农民暴动的序幕,歌颂了人民群众打击封建权贵的精神,反映了农民反抗的精神。

一、这段书叫《智取生辰纲》,应着眼于斗智,但没有看到吴用的智谋,反用三分之二的篇章写了敌方杨志押送生辰纲的经过,但读完全篇之后,却是写了智取。虽没有正面写,却写得这样圆满。

二、杨志是三代将门之后,做过高级军官,武艺高超,属于天罡星,在一百零八位数中是第十七位。在这一章中,此人面目可憎——为了向上爬,不惜向贪官献命。杨志是梁山英雄,为什么描写他的丑恶?

三、这是一次有组织的暴动,是反叛政府的举动。

就上面三个问题谈谈。

说智取为什么没正面写智取？

在情节结构上，有独特的构思和安排，对"相反相成"有娴熟的运用。用反面事物来完成正面事物的使命，为了刻画正面事物，往往用反面事物去映衬，其效果更强烈、更生动。在矛盾事物中，喜与怒，明与暗，长与短，"相反相成"是古典文学中惯用的表现手法之一，有许多典范，如唐代大诗人王维有"大漠孤烟直，长河落日圆"。他为了描写大沙漠，用直烟来衬托，更显大沙漠广漠无垠、平坦和辽阔；为了写落日圆，用长河的狭窄来衬托，反之，日愈圆则看河更长。长与圆是排斥的，又相互衬托。再如，王籍的《入若耶溪》："蝉噪林逾静，鸟鸣山更幽。"有声和无声相反，但无声是有声体现出来的，闹和静的矛盾被作家捕捉到，用出奇制胜的手法表现了统一。

长篇小说中运用相反相成手法的有不少范例。如吴敬梓的《范进中举》。范进年过半百才中举，按照常理应写喜气洋洋的场面，但却写了个悲惨场面，先痰迷晕倒，被人救醒后又乱跑，跌到地里，很脏，最后找岳丈揍揍。用悲哀代替欢乐的场面，尖锐地嘲讽了科举制度扭曲了人性，吞噬了人的灵魂，用悲写喜。再如《红楼梦》，写林黛玉气绝之时，正是贾宝玉结婚之时，用残酷的、欢乐的场面给黛玉送终；用贾家、薛家的无情来衬托黛玉的有情。

清初三大儒王夫之有《姜斋诗话》："以乐景写哀，以哀景写乐，倍增其哀乐。"

"相反相成"是作家对生活矛盾事物的精细观察和巧妙用法的结果。

《智取生辰纲》是运用"相反相成"手法的典范，用杨志反衬吴用的智谋。正面写吴用，只用一句，晁盖说好计，什么计没写。

要写吴用的高招,就要写杨志足智多谋和干练。梁中书挑中的人要武艺高超,精细干练。先写去年被抢,为的是写挑选出的了不起的人。杨志练武时武艺高超非凡,被梁中书从杀人囚犯中提出来,拔为提辖,收为心腹。他对梁中书有衔环背鞍之报答心。表明敌方这次运送生辰纲非同往年,再三防范,更加突出杨志足智多谋。例如,两次高叫"去不得",重描了杨志的精细;他一口气说了"沿途险要去处",说明他对形势和地势熟悉,思察周密。写杨志就是写吴用。一路上,杨志时时高度警惕,从杨志的穿着中写了他的戒备,在路上一系列的情节细节,证明了杨志精细强悍,戒备森严,而正好说明吴用把握了杨志的警惕心,才一举战胜了杨志。但也写了杨志的必然遭受失败的社会原因,生辰纲是不义之财,他把自己放在与人民作对的位置上,必然要失败。虽然精细,但有四个没料到,一没料到:十万金宝。不论如何乔装打扮,都不能改变其不义的性质,总要遭到人民打击。二没料到:由于反动统治内部的权势欲和个人利害关系,护送的人内部随时都会发生矛盾。梁中书派都管和虞候监视杨志,梁中书无奈地把指挥权交给杨志,但都管在太师府见大官多,何况个芥菜籽杨志。三没料到:带几根藤条虽可以随便鞭打下级,却没料到物极必反,轻则骂,重则打,不顾客观实际,痛打众军汉,使矛盾发展到毒打不灵了。四没料到:众军汉和杨志矛盾高潮时,都管和虞候也与杨志的矛盾达到了高潮,使他处于孤立无援的地步。都管不是同情众军汉反对杨志,而是恨杨志这个芥菜籽的官不服从他。他利用众军汉和杨志的矛盾,想拉拢众军汉来监视杨志,这些内部原因早被吴用料到了。

极力描写杨志的足智多谋,映写出吴用的料事如神。金圣叹在批《西厢记》时说:"譬如写花,决不写到泥;非不知花定不可无泥;写酒,决不写到壶,非知酒定不可无壶。盖其理甚明,决不容写人所共晓,不待多论也。故有时亦写红娘者,比如写花,却写蝴蝶,写酒却写监(即酒仙)也。蝴蝶实非花,而花必得蝴蝶而逾妙;监史实非酒,而酒必得监史而逾妙;红娘本非张生鸳鸯,而张生鸳鸯必得红娘而逾妙。"

四　伏笔

文学中,民族文学的情节上,往往运用伏应结合、虚实结合、明暗结合。《水浒传》第十六回《智取生辰纲》,写吴用不是明写,前边留下蛛丝马迹,是伏笔,到黄泥岗才明写。前边如不埋下伏笔,后边就成了无源之水。

伏笔又叫筋脉。清有林纾著的《春觉斋论文》中说:"脉者,周身无所不贯者也,然而脉之一字,按之始见,不按之无见也。"吴用之计策,也是按之始见,不按之无见也。吴用巧用了天时炎热的机会。吴用会选择利用天时地利人和(炎热,杨志等一行必疲劳,黄泥岗必休息,人和则是杨志等一行人的矛盾)。

"善于文者,一题到了手,预将全篇谋过。必先安顿埋伏,在要处下一关键,到写明时 即可收为根据。故明眼者须解得一个藏者诀,欲法射彼处,先在此着眼,以备接应。……所以能照管者,正以未说到彼而此间先以埋伏,到与会淋漓时,回眸顾盼,则以上之伏脉皆见矣。"藏锋不露,才能余味未穷,其章法严密。

杨志在这一回中的表现在全书中起何作用?

杨志忠于朝廷想当官,生辰纲失落后有国难投,虽忠于朝廷,也不得不背叛,被逼上梁山。

金圣叹批《西厢记》中讲："不会用笔者，笔，只能做一笔用。会用笔者，一笔做百十来支笔用，正谓此也。"即今日讲的容量丰富。

1980 年 4 月

读《三国演义》
第九十五回

《三国演义》是我国长篇小说划时代发展的标志，写了一个世纪的政治军事斗争。明代高儒周弘祖在《百川书志》中评价《三国》曰"陈叙百年，概括万世"。鲁迅曰"三国多英雄，有勇武智之士众多"。全书塑造了四百多个人物、几十个艺术典型，曹操、诸葛亮是其中两个感人的有艺术魅力的典型。写了几百次战争，作家表现了其王道观，反对霸道，其糟粕之一，是极度颂扬机智和奸诈。

董卓说："吾为天下计，何惜小民哉。"当时战乱纷起，杀人如麻，饿殍遍野，作家对人民充满同情。

评"失街亭"

"失街亭"写孔明惊人的智慧，雄才大略，费了很多笔墨，写诸葛亮犯下的一场大错误，写其虽错仍不失英雄本色。

一、欲褒先贬，欲扬先抑，贬和抑是为了更大的褒和扬。因而，写了很大的错误，反成了他高大形象的陪衬，有了这个错误，反而使他的形象更高大。

他错用了马谡，失了街亭，把整个战役都输掉了。

两方都把重点放在街亭。诸葛亮把街亭交给了马谡,就是把北伐的命运交给了马谡。马谡是一个颇知兵法之人,一直担任参军,曾在一些战役上给诸葛亮出过好主意。在七擒孟获时,曾献计擒贼先擒王,献计攻心为上,攻城为下;心战为上,兵战为下。曹睿初登基时担心司马懿,马谡就向诸葛亮献计,派人到长安,到处张贴告示,说司马懿欲反,结果司马懿被削职为民。马谡有这个贡献,诸葛亮就把守街亭这个重任交给了马谡,但他没摸清马谡的弱点:自命不凡,目空一切,教条主义,只会读兵书献计,但没有实战经验。刘备托孤之时曾告诉诸葛亮,马谡言过其实,不可重用。虽然诸葛亮做了周密部署,但马谡被骄傲蒙住了眼睛,夸下海口,立军令状。他的骄横之外,还夹杂着教条,到了街亭之后,完全卖弄书本知识,不从实战出发,如居高临下,势如破竹,又说置之死地而后生。引证的都是古人的兵书。

写"失街亭"还是为了写诸葛亮在危急之时的军事才能,从容不迫,指挥若定,变被动为主动,撤退中连打胜仗,派关兴、张苞之事,派姜维等,都刻画了诸葛亮料事如神,变败军为胜军,鼓舞安定了人心,为二次北伐打下基础,还写了他的临危不乱、大将风度。

"空城计"是街亭失守后出现的,没有"空城计"就不能有力地刻画诸葛亮,此处体现了作家精巧的构思。他没动一刀一枪,吓退了司马懿十五万大军,写了他深谋远虑,对敌情判断正确。而且还猜到了司马懿退兵时必走之路,因而派了关兴、张苞去埋伏。

为什么敢弄空城之险?这在于诸葛亮把司马懿的思想摸得很透,知道司马懿心中的自卑感,掌握了司马懿的心理状态,才在必然性中来一次偶然。虚则实之,实则虚之,这表现了诸葛亮的奇智大勇。司马懿看虚则实之,诸葛亮看实则虚之。

　　为了写诸葛亮的奇智大勇,才写了他用人之错。没有街亭的惨败,就没有空城的险胜。写蜀军全面败退了,但又写了蜀军在各个战场上取得胜利,魏军战役上胜了,但在各个战斗中一直惨败,为什么会出现这种情况?因为有了诸葛亮。

　　写"失街亭",也是为了写诸葛亮挥泪斩马谡,写他虚心自责,赏罚分明,但无损诸葛亮,反而从另一面补充丰富了诸葛亮的高大完美形象。回都后,信赏必罚,同时对自己不推卸责任,想起先帝之明,接受教训,并请后主革去他丞相之职,并向部下公布,叫大家以后多向他提意见,表现了他忠贞不二的优良品质,显得形象更加丰满。

　　错用了马谡,引出了这么多戏,把诸葛亮刻画得这么高大,这么曲折,从各个方面来丰满诸葛亮,写了一个错误,是为了刻画十个优点。

　　写缺点、错误并不影响、削弱英雄人物的形象,反而会补充、丰富英雄人物的形象。

　　塑造正面人物应从观察个别事物出发。"失街亭"在历史上是有的,但不能为了写诸葛亮好,就抛弃过错,那样从抽象概念出发,就写不出活生生的人。

　　典型并不是一个阶级优点的总和。车尔尼雪夫斯基说,酒精够纯了,但当酒提炼成酒精后,就不是酒了。

　　你不要害怕特殊个性没有共鸣,只要把个别的特殊的人和事看透了,人和石头总还是人和石头。

　　列宁说,个别就是一般,一般只能在个别中存在。

　　个性主要是个体,每个人都有独特的经验。

　　一切事物中都有前人没有发觉的内涵,因而为作家提供了独创性的条件。

莫泊桑说,一个作家要专心长久注视你要描写的人物,去写别人没有发现的一面,任何事物中都有前人没有发觉、没有描写的东西。任何琐碎的东西都有尚未发觉的新东西。任何树和火展现在你面前,你要努力去观察出和别的树和火不一样的树和火。

二、作家在表现诸葛亮时,用众星托月的手法。

个性:这个人区别于那个人的性格,只有在对比中才显得突出,越激烈越尖锐的对比才越鲜明,使人的性格明朗化、深刻化。失街亭中二十多个人,他们是为了和诸葛亮对比而存在的,有对比才能区别。开头用马谡的虚骄对比了诸葛亮的务实。

用对立的性格对比如以上。

用相同的性格对比,就能区别这一性格的千差万别,单独写某一个不易鲜明,如果对比写,就会使各自的性格明朗化。如赵云奉命只当疑兵,但他灵活机动,随机应变,取得胜利。诸葛亮也机智,在空城中表现出了文官的英勇沉着,赵云表现在战场上是英勇善战。

司马懿和诸葛亮都是主帅,都是料事如神。司马懿的料事使诸葛亮的北伐破产,但在具体战斗中,处处显得他略低于诸葛亮一筹。司马懿在诸葛亮面前的自卑感,才让他游移不定。

遥相对比——诸葛亮虚心自责,为国为民,而魏将郭淮和司马懿争功,这又形成了对比。

三、曲折、惊险、巧合、新奇的运用。这是话本小说为吸引人的共同属性。

"失街亭"部分运用了悬念。一个悬念未解,一个悬念又起。

悬念即卖关子,释念即解扣子。

曲折、惊险、巧合、新奇一定要合情合理。巧合是生活状态饱和的反映。情节是人物发展的历史。

四、错综复杂而又谨严有序的构思。

有刀光剑影,也有外部悠闲而内在心惊胆战的斗智。

结构:是给刻画人物提供场合,不是按生活发展顺序写下去,只要有利于刻画人物,可以前后打乱。"失街亭"的结构,是为了刻画孔明、司马懿、马谡。

波澜开阔,如在江湖中,一波未平一波又起。如兵家之陈,方以为正,不复是奇;方以为奇,忽复为正。出入变化,不可纪极,而法度不可乱。

五、关于技巧问题。

结构,个性化的语言,细节描写是技巧,但这是小玩意儿,学技巧有大匠和小匠的区别。大匠学习塑造灵魂的工程。要学古典小说中英雄人物表现技巧,就要先研究这些英雄人物产生的社会原因,据此为经验,再研究今天的人物社会背景和成长规律。

古人文章可告人者唯法耳,然不得其神,而徒写其法,则死法而已。要在自家于读时微会之(即细微地体会它)。

1980 年 5 月

谈《聊斋志异》

一 从小说史看《聊斋志异》

明清短篇小说,没超过《聊斋志异》的。魏晋时的《搜神记》《志怪》等和今天的小说不一致。到唐代的小说才有虚构,和当代的小说接近一致。

《聊斋志异》是志怪和传奇两大支流的汇合。文言文小说有两个高峰,一是唐代传奇(整个时代的),一是《聊斋志异》(个人的)。自《聊斋志异》以后,没有一部文言文小说能超过它俩。清朝时有个人叫纪昀,此人系《四库全书》总编纂官,著有《阅微草堂笔记》,在其中提出一种理论——反对虚构,指责蒲松龄是才子之笔,非著书者之笔,他说,"《聊斋》写爱情是男女在一块儿发生亲密的话和行,蒲松龄怎么知道是这个样子? 他看见过吗? 他一定也不是个好人"。他的《阅微草堂笔记》是干巴巴的记事。另一个原因是文言文有局限性,在反映生活上它已不能胜任了。

二　蒲松龄的生活道路

蒲松龄(1640—1715),山东省淄博人,死在康熙五十四年,生活在清朝初年。当时,文化活动已全面展开(地主与农民这两股力量在民族矛盾下有的也统一了)。当时文字狱猖狂,蒲松龄只好假借花草、神妖等逃避文字狱。他出身没落地主家庭,常年为生计奔波于找饭吃,但又出身书香门第,父亲藏书很多,为他提供了从小学习的机会。当时到处选美,他岳父怕女儿选走,就把十五岁的女儿送到蒲松龄家,对外说结婚了,实际上,二人两年后才结婚。他很爱妻子,爱情生活很严肃。可是他写了那么多爱情和婚姻,有已有妻子又找花妖等故事。他写了很多攻击科举的小说,可自己考到七十一岁也没考上。他七十五岁那年正月初五,去给父亲上坟后死了。

三　《聊斋志异》批判和歌颂了什么

批判了三个方面。《聊斋志异》刻本四百三十一篇,实际上五百篇左右,大多是短篇小说,少部分是寓言等。一个作家能留下这么多作品,在中国没有,世界上也少有,在全世界是第一流的。莫泊桑写了二百多篇,契诃夫也不多,蒲松龄的不比他们差,《聊斋志异》被外文翻译出的种类比中国其他的作品多。

1. 他的作品并不是专供酒后饭余的消遣,是通过鬼神外衣而有所控诉。如《促织》,把自己的灵魂变成蟋蟀,供皇帝当玩物,才能救父母的命;《席方平》揭露了官府的罪恶,贪官污吏组成了一个吃人的世界,刻画其卑鄙无耻的嘴脸,同情被迫害者的悲惨遭遇,歌颂了人民复仇的愿望。

2.批判了科举制度的不合理,他一个认真的读书人,都不能把真才实学用于国计民生,有怀才不遇和愤慨之情。这方面的作品批判了科举制度等封建社会对知识分子设的罗网,说它是腐朽的,是鹦鹉学舌,考试不在作品学业,而在试官的好恶。他指出,试官有两种,一是乐正(官名)师旷(人名,瞎子),一是司库(官名,管钱的)和峤(人名)。他认为试官都是瞎子和爱钱的,他们专门不录取有学问的,专门录取没有学问的,代表作是《司文郎》,说试官连鼻子都瞎了。再如《三生》,一群在阴间没考上的有才之士,去找阎王告状,阎王要打板子,众生不依,要挖眼、挖心。另一类作品揭露了科举制对知识分子心灵的摧残和毒害。

3.批判人情世态的堕落。这类作品可构成封建社会的百丑图。如《罗刹海市》,看人越丑越美,越美则视为妖怪。再如《念秧》写个骗局,陷阱到处都是。《崂山道士》批判了不劳而获的恶劣品质。还有一些讽刺作品,讥刺读书人中只看到金钱和权势,而看不到学问的庸人,讽刺男人在爱情婚姻上的恶劣品质。

歌颂了什么?

1.歌颂坚贞不渝的爱情,歌颂青年男女打破不合理婚姻的愿望,如《阿纤》。他写了很多可爱的妇女形象,数目之多是少见的,如婴宁、莲香、聂小倩、小谢、辛十四娘等,其中最突出的是婴宁:聪明、美丽、多情、天真、乐观、不屈服于压力。

2.歌颂了人与人之间真诚的友谊,写人和神、狐的真情。如《胡四相公》《酒友》等,反映了人和人之间尔虞我诈,不可交往。如《娇娜》,写了一个男的和女的交了纯洁的朋友,突破了男女授受不亲的封建礼教。

四　《聊斋志异》的特点

1. 丰富多彩的内容和形式,有妖、狐、神、仙等,但也写了完全普通的人,甚而花草鸟兽都入其中。

2. 技巧高超,很少有游离主题之外的闲笔。

3. 写人物画龙点睛,抓住三四个细节,刻画一个人,写其性格中的主要特征。

五　《聊斋志异》的语言

用文言,但和当时流行的古文不同,不是正统的古文。受竟陵派的影响写散文,追求生动新鲜,力求能表现思想。

1980 年 4 月

谈明清小说、
话本和拟话本

一　话本在文学史上的地位

说话人的底本叫话本。说书人,唐宋叫说话人,有小话、好话、笑话等底本。当时,一些穷知识分子没法生活,组织了一些什么书屋等。有的说书,有的给说话人写底本,如施耐庵、关汉卿等,产生了一批比较受欢迎的作家。

话本是口头文学,拟话本是供阅读的文学。话本,写的宋元往事,拟话本写的明清。话本粗犷,拟话本牵强。

从宋代开始,说话人分为四家。其中有两家,一是小说,写当代题材,短小;一是讲史,即长篇历史小说,讲历代帝王兴亡,能讲几个月。

话本有宋元和明清两类,宋元保存下来的四十多篇《京本通俗小说》,明代有《清平山堂话本》,"熊龙峰四种小说",古今小说《警世通言》《醒世恒言》,明清有代表性的"三言二拍",如《喻世明言》《警世通言》《醒世恒言》等。

在文学史上的地位,主要表现在:

1.创造了新的文体,开始用白话写小说。宋代以前写小说用的是文言。

2. 反映的生活面扩大了,现实性加强了。汉代晋魏的小说多写神鬼,明清也有些神鬼,但作者是以鬼拟人。从宋代开始,平民百姓的形象进入了文学,大量地出现。

3. 本身有很多艺术特点,构成了民族风格和传统。

二　话本和拟话本的思想、题材

题材广泛。南宋时分为十类:灵怪,烟粉,传奇,公案,朴刀,捍棒,神仙,妖本,发迹,铁奇。

灵怪写成精成怪,如《蜘蛛精》。烟粉多写妇女和鬼怪的故事。传奇文学价值最高,多写爱情。公案写打官司。朴刀和捍棒写英雄好汉,此系《水浒传》的前身。神仙如黄粱美梦。妖本也类同。发迹多指由无名之辈到发迹成名。铁奇写军事。

以上共十类,但主要流行的是传奇和公案。

宋元话本写爱情有什么特点?

1. 突出描写了女性主动和大胆追求爱情,如《碾玉观音》《杜十娘》。

2. 经常把爱情和反封建结合起来。

3. 对爱情的看法有了变化,和唐代不同,如《卖油郎独占花魁》。

主要不同在:金钱权势的因素退到了淡漠的地方。如卖油郎不因妓女而歧视对方,将之作为平等的人来对待,尊重人格,体现郎才女貌的互相倾慕,唐代多这么写。妓女跟前有公子王孙追求,对卖油郎还有点看不起,因为不是衣冠子弟,是市井小人,没认识到衣冠子弟是在玩弄她,而市井小人在尊重她。这是宋以后,小市民阶层扩大壮大的结果。

4.对贞节的看法有了新的因素,强调爱情,不强调失节,封建的贞节观念到此褪色了。宋代以后提出饿死事小,失节事大。宋以前许多大官的母亲改嫁,如范仲淹的母亲、岳飞的妻子。南宋以后就没有改嫁的记载了。但明清市民阶层的扩大,冲破了贞节观,如《蒋兴哥重会珍珠衫》,作者对女主角失节的行为表现出的是同情。

5.描写爱情。文似看山不喜平,而写谈情说爱,话本中写的多是一波未平一波又起,情节生动、紧张、曲折。

除了爱情,也有描写友谊,歌颂互相帮助的、讲义气的。公案题材也比较多。

话本和拟话本中的思想缺点,主要有三个方面。

1.宣传因果报应,封建说教越来越严重,"三言"中有,到"二拍"更严重。

2.因系市民文学,迎合小市民口味,书中有不少淫秽之说。

3.强调帮衬,要嫖客对妓女好,思想并不高尚,显得庸俗。

三 话本和拟话本的艺术特色,应从中学什么

1.人物描写。

人物的安排,人物性格的刻画,人物该上场的上,不该上场的不上,谁是主角,谁是配角,要精心安排。如《杜十娘》,缺点是语言,有白有文,思想不错,任务安排也好。男主角是李甲、商人孙富,杜十娘为主,李甲次之,孙富更次之。出场是大团圆,但孙富的出场,使喜剧变成了悲剧。几个配角也必不可少。对杜十娘之死起决定作用的一个人,即李甲之父,没有出场,他是封建社会的代表。《碾玉观音》中的郭排军,是联系上下两部的关键人物,他碰见主人公是偶然

的，但本能使他回去向王爷告密。

人物性格的刻画。性格的形成离不开人物的出身、环境、时代。《碾玉观音》中的秀秀，很勇敢，大胆追求幸福、自由，藐视封建礼教。她出身小手工业者，原来自由自在，到王府没有自由了，内心受到压抑，要反抗，要自由。

2. 细节描写。

《错斩崔宁》中，小娘听了丈夫要卖她之后与丈夫的对话显示，她没怨言，也不恨，唯一想到的是要告诉父母。这充分写出了她性格的温顺善良，没有反抗的精神。特别是她把钱堆成一堆，把门关上这一举动更是传神——她爱他，顺从他，她出身贫苦，在家地位居于佣人和小老婆之间，不能掌握自己的命运，生活的浪花把她冲向哪里，她就到哪里，丈夫卖她都没有反抗的想法——可见这段细节刻画的深刻。

又如，杜十娘把李甲找回来，给他一百五十两碎银。读者知道，钱是一点点积累起来的，这举动说明杜十娘早有安排打算。

开头一直没说李甲有否妻子，他说"贱室不足虑，所虑者家父性严，尚费踌躇耳"。杜十娘自始至终不知李甲有妻，说明李甲瞒着杜十娘，说的都是虚情假意，证明他从根本上都是在玩弄女人，没有真心实意。鸨母收了三百两银子，当场推出他们锁了门，表现了鸨母贪财狠毒，锁门可看出杜十娘的为人和对鸨母看法的正确，看出从良的必要。锁门和百宝箱大有关系，杜十娘早有打算准备，精明能干，有心计。

3. 善于以语言推动情节，刻画人物。

如两个人走路，碰上许多鬼，又下雨，说路上滑，心里怕，脚下像斗败的公鸡，再也不敢回头看，后边像有千军万马。

1980 年 5 月

"左联"与其他派

谈"五四"后期
"左联"文学

"左联"的根本斗争和争论,是有没有阶级性,是自由文学或为革命而文学。对所谓"三种人"的批判,"左翼"作家坚持无产阶级文学要为无产阶级服务。新月派梁实秋、"第三种人"苏汶等提出人性论反阶级性,推出民族文学,反对阶级文学。

成仿吾写有一篇文章《从文学革命到革命文学》,当时叫无产阶级革命文学,也叫普洛文学。"五四"在文艺领域内,要解决文学和革命的关系。一九二八年,创造社的成仿吾、冯乃超、彭康、李初梨等,太阳社的蒋光慈、钱杏邨、孟超等,提出了无产阶级革命文学的口号,引起争论,形成了一个文学运动。当时把鲁迅和茅盾都当作革命对立面,他们认为,无产阶级作家要有革命历史,要写劳动人民,否则,不是资产阶级就是封建主义作家。但鲁迅和茅盾从来没有反对过革命。

"左联"反对语丝派,他们认为自己所批评的不是鲁迅个人,也不是语丝派几个人,乃是鲁迅与语丝派诸君所代表的一种倾向。"鲁迅和语丝派诸君所代表的倾向,分析下来,我们可以大胆地说,不过是以下几种的混合:就是很多的趣味,相当的不平,些许的人道精神……"在论战过程中已形成了一个足以与创造社抗衡的语丝派阵营。他们认为,这一派是革命的反对派,因为他们认为在《语丝》上发文章,都是反革命派。在《语丝》上发文章的有鲁迅、甘人、周作人等。

新月派是产生于"五四"新文化运动时期的一个重要的现代诗歌流派。"新月"取自泰戈尔诗集《新月集》,主要成员包括胡适、梁实秋、徐志摩、闻一多等一大批才华横溢的诗人,因提倡格律诗而独树一帜,又称"格律诗派"。他们大多在当时的北京《晨报》副刊上发表作品,之后创办了自己的期刊《新月》(月刊)和新月书店,杂志和书店以此成为他们的活动阵地。

新月派主张诗歌内容上"以理智节制情感",反对感伤主义与伪浪漫主义,即反对不加节制地直抒胸臆的抒情方式,反对无病呻吟,要求诗须言之无物,以创造客观抒情诗的方式,加强诗歌中的抒情成分。新月派出来攻击无产阶级革命派,于是鲁迅和创造社、太阳社等团结起来反对新月派。

这十年的作品

鲁迅写了两部小说,有人劝他不要写小品了,要写小说,可是自"左联"成立,他就没再写过一篇小说了(以现实主义为题材的)。为什么不写了? 有人说,他是斗士,用杂文更有利有力,来不及用小说。这有道理,但并不能说明全部,因他也写了《故事新编》,既可写古代神话,就没时间写小说? 另一种说法,他作为革命作家,从责任感出发,他应该写的和实际能力能够写的有矛盾。从前可以写,但经过十年争论,要叫写无产阶级英雄,他也就不能在不熟悉的情况下写了。他要考虑再写的作品能否为人民代言。他熟悉的觉着没必要写了,而必要写的又不熟悉;写新的不能,写旧的又不愿。

茅盾认为,革命的作品也不一定要写无产阶级,"四一二"后开始写小说,写官逼民反,写知识分子追求革命,写了"农村三部曲",后写《子夜》。

巴金在一九三一年前后,写了多部长篇小说。

老舍很注意扬自己之长,避自己之短。

曹禺最成功的是《雷雨》《北京人》。《雷雨》的故事情节概括为:鲁妈来到周公馆看望女儿四凤,与周公馆主人周朴园不期而遇,引发了周鲁两家前后三十年复杂纷繁的矛盾纠葛。周朴园和侍女鲁侍萍生了两个孩子,又抛弃了她。后来又结了两次婚,和第二个妻子繁漪生了儿子周冲。侍萍留下的儿子周萍和后母繁漪产生恋情,又和弟弟周冲都爱着侍萍再嫁后生的女儿四凤。最终,周萍和四凤知道自己是同母兄妹,周萍吞枪自杀,四凤触电自杀,周冲为救四凤同样触电身亡。

三幕剧《北京人》,以一个典型的封建没落士大夫家庭——曾家的经济衰落,为全剧矛盾冲突的线索与戏剧冲突发生的具体背景,通过曾家三代人,展开家庭中善良与丑恶、新生与腐朽、光明与黑暗的冲突,着力反映出封建主义统治对人的吞噬,以及人们在这种精神统治下对人生的追求和这种精神统治必然破产的结果。

叶圣陶的《倪焕之》是五四运动后第一部长篇小说,写了一个有理想的小学教员的理想如何破灭,一九二八年连载于当时的《教育杂志》。小说《倪焕之》艺术地再现了以主人公倪焕之为代表的小资产阶级知识分子,在历史剧烈变动过程中的思想变化和生活道路,揭示了当时中国教育界的混乱和社会的黑暗状况,展现了当时广阔的历史背景。

《倪焕之》人物形象塑造颇具特色,语言严谨纯朴,在客观描写中蕴含着热情,是"五四"以来颇有影响的一部现实主义作品。

新中国成立后,有人指责巴金、老舍和曹禺为"巴老曹",说他们的作品没有指出出路,没有光明的尾巴。但他们的作品批判揭露了旧社会,使人们痛恨旧社会,其实,我认为这比加个光明的尾巴好多了。

关于题材,"左联"展开两次讨论,提出要写重大主题,不外是千百万人们关心的问题。当时许多作家写了农村丰收成灾。洪深写了剧本《稻香米》,叶圣陶写了《多收三五斗》,茅盾写了"农村三部曲",叶紫写了《丰收》都是写丰收造成农民破产,引起暴动。

题材限制不了作家,只要是革命者,不论什么题材,从他笔下出来,都是革命文学。如《风月》《花好月圆夜》《月黑杀人夜》《风高放火风》。

反映现实的作品能不能永远流传下去?若不能深刻写出现实,作品也就没有流传下去的可能。乡土性和世界性,是否地方色彩、民族色彩越浓,就世界性越少?否。恰恰相反,地方性乡土性越浓,越具有世界性。

1980 年 6 月

讲鲁迅

《狂人日记》是"五四"以来中国现代小说的首篇。

对《狂人日记》有两种不同意见。一种认为,狂人不是狂人,是反封建的战士。另一种认为,狂人确实是狂人,是被封建社会迫害致狂的,狂人的思想不是正常人的思想。

《狂人日记》是一首洋溢着抒情色彩的战歌。

《狂人日记》之前,一九〇三年,鲁迅根据希腊传说写了文言文小说《斯巴达之魂》,写斯巴达和外国打仗,杀人很多,后来牺牲。艾丽的丈夫没死,回来了说有病,没上前线。她觉得丈夫可耻,自己也是耻辱,就拔剑自杀了。这篇文章刊于东京《浙江潮》上。

一九〇一年,鲁迅在《小说月报》上发了文言小说《怀旧》。

1980 年 7 月

谈鲁迅杂文

●

鲁迅去世,他的朋友和民众给了他一个称号——"民族魂"。他的身上集中了中国的痛苦和希望。

世界十大作家中,有鲁迅,他反映了一个时代的面貌,在艺术上有很大独创性。他是属于中国和世界的,世界上的文人们称中国为鲁迅的祖国。

鲁迅他的功绩表现在创作、杂文、翻译三方面,以杂文为主体。鲁迅创作的主体是杂文,有六百多篇一百多万字拾柒册。

鲁迅杂文的渊源。先秦诸子、庄子的文章都属于杂文,明清笔记、魏晋文章都属于杂文。言之有物,议国家,议人生,议社会,对生活理解深刻。杂文灿烂之时代,一定是社会大变革、思想大活跃的时代。没有文学的时代性,就没有文学的长久性,杂文更是如此。

鲁迅杂文的深刻性。对中国社会认识和对中国历史认识之深刻,是许多开明之人望尘莫及的。认识中国近代史的两把钥匙和两面镜子——《红楼梦》和鲁迅的文章。推翻旧中国这个吃人的宴席,争得做人的资格。

鲁迅最主要的功绩在杂文。但可悲

的是,外国鲁迅研究者只研究他的小说,而不研究他的杂文。

鲁迅杂文的美学价值。寓真理于形象之中。如讲一哄而起、一哄而散。一个人在街上吐口痰,他蹲下去看;别人会马上跟着蹲下去看,如果这个人大叫一声飞跑而去,别人也会跟着跑去。如饿了怎么办?三个人在辩论,秦桧说饿了吃饭。我不会因他是奸臣而不信,这是真理。如岳飞说,饿了是嘴痒,打嘴巴。好了,我也不因为他是民族英雄而信他。如孔明说,吃饭为了增加热量,打嘴巴也是为了增加热量,我就要揭穿孔明的面孔——假科学家。

用形象说明抽象,把有价值的东西掀给人看是悲剧。他不赞成团圆主义,如《病后杂谈之余——关于"舒愤懑"》,说永乐帝非常凶残,他是篡位的,他把前帝的臣子油炸了,臣子的妻子送去当妓女。茅大芳妻子五十六岁当妓女,后病死。永乐帝批示,叫狗吃了。而文人编故事说,大臣女儿嫁时,永乐帝特赦了,才嫁给平民,保了贞节。鲁迅考证,这是文人假造的大团圆。

鲁迅说,中国人可分三种:爬、推、撞。

爬,老实人,一步一步往前爬,但人拥挤,爬不上去。

推,推倒别人,踏着别人往前往上爬,这是聪明人。

撞,碰碰运气,爬太辛苦了,侧侧身子撞过去。

鲁迅杂文有审美的愉悦性和趣味性。鲁迅说,一个民族没有趣味性,太可怜了。如《新药》中引用的故事:某朝后宫的宫女病瘦,大夫开处方:壮汉三千。不久后,宫女容光焕发了,皇帝问墙角儿个枯瘦的男人:这是什么?宫女答:药渣。

1980 年 7 月

谈鲁迅小说

鲁迅小说的最大特点：

一、他不追求巧合，严格地从现实生活出发，看着很平凡，但通过他的描写就不平凡了。他不写偶然的事件，而写普遍的东西。过分的巧合和离奇，读者会觉得不真实，也会觉得是个别的而减少教育意义。

二、善于解释笔下人物灵魂的秘密，不集中力量写表面现象，而写人物的内心世界。

三、善于通过形象描绘显示自己的真知灼见，表达了深刻的思想，能够长期影响读者。

四、达到美学上悲剧性和戏剧性的集中。

五、从人物描写中揭示产生这种人物的社会制度和社会原因。

鲁迅小说中人物描写的特点：

一、人人心中有，人人笔下无。如，人人都看到、感到封建之毒害，但都没写，而他写出了《狂人日记》《祝福》等，最深刻地控诉了吃人的封建礼教。如《风波》中的辫子问题，写得精彩。

选材要严，开掘要深。

二、塑造的人物情节，指向了整个社

会,对社会的批判很尖锐。

　　三、人物形象的创造,不但批判了时代,而且使人物成为时代的影子。

1980 年 7 月

谈巴金创作道路

巴金生平：一九〇四年生，原名李尧棠，字芾甘，男，四川成都人。主要代表作有长篇小说《灭亡》和"激流三部曲"《家》《春》《秋》，"爱情三部曲"《雾》《雨》《电》，还有短、中、长篇小说。《短文两篇》选自《龙·虎·狗》。他出生于大家族，家中仅仆人就有三十多个，父亲当过四川广元县知县，对儿子很慈爱，对犯人却很残酷。巴金认为，人在公的方面都是虚伪的，只有在私的方面才是真面目。

"激流三部曲"《家》《春》《秋》，喊出了对封建制度控诉的最强音，三部曲是自《红楼梦》之后，又一部描写封建家族必然溃败的巨著。

《家》是巴金的代表作品。其特色主要表现在：

一、家族在人类生活中占有重要的地位。古今中外许多名著，都是写家庭或写家族历史的，中国的如《金瓶梅》《红楼梦》，通过家庭写社会，因而要确定家庭在社会中的地位。

二、每个时代的家庭，在社会中的地位都不同。

三、社会上的矛盾一定要反映到家庭中来，往往是父与子两代人的矛盾。

现在被视为异端的东西,将来可能是正确的;而现在被视为神圣的东西,将来可能被淘汰,不要做卫道士。

四、爱情和婚姻,不论幸与不幸,但没有爱情和婚姻就没有家庭,写爱情而离开生活,社会是不能孤立存在的。

张洁的《爱是不能忘记的》,恰恰没有解释造成爱情和婚姻分离的社会原因,选的事件也不能充分体现婚姻脱离爱情的社会根源。

三十年来,找对象的标准条件起了相反的变化,二十世纪五十年代,要党员不要华侨,现在要华侨不要党员;当年要成分好,现在要金钱和物质。

刻画反面人物,不能丑化反面人物,只有深入到反面人物灵魂中去,才能写好反面人物。

1980 年 6 月

现实主义并没有过时，鲁迅作品高度的典型化有普遍的社会意义；中国封建社会的漫长，造就了人民的愚昧、落后、麻木，杀自己亲人还认为自己是在革命。

谈茅盾创作道路

茅盾一八九六年出生于浙江省桐乡县乌镇，原名沈德鸿，笔名茅盾、郎损、玄珠、方璧、止敬、蒲牢、微明、沈仲方、沈明甫等，字雁冰，中国现代作家、小说家、文学评论家、文化活动家、社会活动家，主要作品有长篇小说"蚀"三部曲《幻灭》《动摇》《追求》，《虹》《腐蚀》《子夜》《第一阶段的故事》《霜叶红似二月花》；短篇小说集《野蔷薇》《宿莽》《委屈》；散文集《白杨礼赞》《速写与随笔》《话匣子》《印象·思想·回忆》《炮火的洗礼》《时间的记录》；评论集《谈最近的短篇小说》《夜读偶记》《给青年作者的信》《鼓吹集》《鼓吹续集》；话剧剧本《清明前后》；中短篇小说《路》《三人行》《春蚕》《秋收》《残冬》《林家铺子》；作品集《茅盾文集》《茅盾选集》《茅盾全集》等。

茅盾于一九一三年考入北京大学预科第一类；一九一六年任职于上海商务印书馆编译所；一九二七年加入中国共产党；一九二七年至一九三七年，创作完成中篇小说《路》《三人行》和长篇小说《子夜》,短篇小说《林家铺子》《春蚕》《秋收》《残冬》等,翻译作品《文凭》《战争》等;一九四九年,当选为中国文学艺术界联合会副主席和中国文学工作者协会主席;一九四九年至一九六五年任中华人民共和国文化部部长;一九五五年当选为中国科学院学部委员等。茅盾的父亲是个维新派,喜爱科学。

茅盾和叶圣陶等成立了新文学研究会,提倡为人生的艺术,文学应反映社会的现象,反对无病呻吟,为人民疾苦呼号。

他还翻译出版了外国进步文学,首先是俄国文学,介绍了高尔基、托尔斯泰、契诃夫等。他认为,要当大作家,首先得是一个思想家。一九二七年开始发表长篇小说"蚀"三部曲,作品反映了作者的动摇、苦闷、悲观。一九二九年他在日本写了《虹》,《虹》是作者从消极向积极的转变之作,重新对革命怀有信心。

从日本回国后,他参加了左联,还任行政秘书。此后写了《路》《三人行》等中篇小说。

茅盾创作特点:善于迅速反映大规模的错综复杂的重大题材。一是在选材上,选取特殊的历史时期,注意时代性和社会性。一九三三年《子夜》发表,文艺界称那一年为"子夜年",这体现了他的大手笔。二是在结构上复杂,内容丰富而不能单一,把人放在大的时代背景下刻画。三是需要进行很好的场面调度。他很注意细节描写,从开始到最终,不忘记每一个细小的道具,也很注意动作描写。

1980 年 6 月

《太阳照在桑干河上》读后感

《太阳照在桑干河上》思想内容上的特征：

最大特征是现实主义创作方法的胜利，真实的人物，真实的环境，真实的细节。真实是文学的生命。

重点不在情节故事，而在于人物的刻画。

《太阳照在桑干河上》的人物特点：

一、是人不是神，活生生的人，没有完美无缺的高大人物。

二、不是贴标签，而是丰富多彩，像生活本身那样千差万别。

三、细节描写是达到典型化的手段。没有几个像样的细节，一个短篇小说就没有血肉，没有人物，也没有典型的环境。加强细节描写，才能使描写既生动又精练。

《太阳照在桑干河上》语言特色的启发：对初写者，要有自己的笔调和语言，才可考虑其他条件，如没自己的语言就不可写作。语言美，经济、朴素、不可更改，有独特的个性。

1980 年 4 月

谈文艺复兴

●

讲讲莎士比亚。他对当时的社会有很深刻的感受,艺术是痛苦的产儿,《李尔王》是他作品中最伟大的著作,作品中的人物对话,体现了莎士比亚对社会的看法和感情,他的喜怒哀乐波动幅度很大。

莎士比亚小学毕业,但非常好学,读的书特别特别多——有人根据他作品中涉及的书列了个书目,有很多。他还研究了历史,知识面很广,大至国家大事,小至鸟鳖虫鱼,他都很熟悉。

《李尔王》哲学地概括了善恶是非。一种认为自然是仁慈的,一种认为自然是残酷的。这是当时两种哲学观念,也是一种人文主义新思想。

一个作家有继承旧的一面,也有变革新的一面。

语言的创造、节奏和人物性格很有关系。文学是语言的艺术,当时舞台没有布景,全靠语言塑造的形象来填补舞台的空白。

研究莎士比亚的人怕说他继承了旧的,实际他作品中的故事、人物、语言都是吸收旧的东西,而变革出来的。

1980 年 6 月

谈苏联现代文学

苏联文学曾教育我们上一代人。新中国成立后,一边倒,翻译苏联文学,如保尔等,又教育了一代人。但到二十世纪六十年代,又一边倒,批判苏联文学,成了"封资修"大杂烩。到"四人帮"时,连高尔基,江青也说"要颠倒过来看"。肖洛霍夫成了"修正主义"鼻祖。再到后来,苏联文学已经不成文学了,成为批"修"的版本了,连研究苏联文学的人,也成了苏修特务和亲苏分子了。

打倒"四人帮"后,研究苏联文学正式开始。

苏联的五部"解放"电影,在世界上一百一十八个国家公开放映,和美国的《巴顿将军》齐名,而独在中国没放映。研究世界文学而不研究苏联文学,简直不可想象。如何理解世界文学的进程?如意大利的新现实主义就受苏联文学的影响。

"前线归来者文学"如《一个人的遭遇》等,在世界上都很有影响。

列宁讲沙皇时代有两种文化,如今苏联就是一种文化了,一棍子打死不对。

一　二十世纪五十年代初的苏联文学

西方讲的"解冻文学",中国讲的"修正主义文学"。中国有两种论点:一是斯大林死的那天起,变成了"修正主义文学";一是苏共二十大之后成为"修正主义文学"。我认为要从一九五二年的苏共十九大开始,《真理报》社论:克服戏剧中的落后现象。马林科夫的报告中说:要用果戈理采的火来烧毁官僚主义和前进路上的一切障碍。为什么提出这种口号?因为这之前,苏联文学出现了无矛盾,只有好人和优秀人的区别,马林科夫才提出这个口号,要写现实,写困难,写斗争,这是苏联文学的转折关头。战后苏联很困难,却出现了《金星英雄》长篇,一帆风顺,反映了没冲突论。马林科夫的口号核心是社会主义文学要不要批判原则?于是一九五二年九月发表了特写,内容是反官僚主义的《区里日常生活》,开始了揭露性文学。西蒙诺夫高度评价说,不是成绩很大,而是应获勋章。

一九三五年十一月发表了女作家的《一年四季》,写一个老主席对孩子娇生惯养,写一个局长老干部喜新厌旧,并盗窃贪污,后来自杀。这些作品是响应苏共十九大号召,斯大林当时还没死,怎么能说是受苏共二十大赫鲁晓夫的驱使?

艾伦堡的《解冻》,发表于一九五四年,西方认为是"解冻文学"的开始。中国认为是"修正主义文学"的带头羊,实际上在他之前就有了揭露文学,《解冻》中有一句话,"少看一些阴暗面,阴暗面就会少起来了"。

二　二十世纪五十年代中期到六十年代中期的苏联文学

这个时期大变化,问题也复杂。苏共二十大后反斯大林,赫鲁晓夫到南斯拉夫和铁托言归于好,给美国明送秋波,提出和平过渡,为一些冤案平反。这时期,文学上最主要的是《一个人的遭遇》,作家肖洛霍夫被骂为修正主义的祖师爷,是黑师,安上美化强盗等罪名。小说发表于一九五七年初。这是短篇形式的长篇,直译应是《人的命运》。这个小说引起了苏联文学的大波,过去不准写普通人,要写英雄,从此开始了一个新的局面,可写战争的苦难,可写普通人的命运。

苏联的几个文艺理论家,有的认为要搞社会主义批判现实主义,有的认为艺术除真实以外,再没有其他标准。艺术的使命从来在于批判,这种论点不对,批判中也有歌颂。

赫鲁晓夫本来也提倡揭露,可是揭露的作品越来越多,面也越广越深,到后来赫鲁晓夫也吓坏了,说:社会主义成了一块肥肉,苍蝇都飞来了,于是也情不自禁地展开了批判。

干预生活是苏联一九五四年提出来的,《真理报》社论称:认真干预生活,这是针对无冲突论美化生活而提出的。今天反对这个口号有必要吗? 不是又干扰生活了吗?

三　二十世纪六十年代中期到今天的苏联文学变化

赫鲁晓夫下台。一九六七年《真理报》发表社论,反对两个极端:一是反对斯大林个人迷信危害估计不足(只写光明),一是反对把斯大林时期写成一团漆黑(只写黑暗),提倡写苏维埃的新时期。

现在的苏联小说,既批斯大林的个人迷信,也批赫鲁晓夫的农业政策,也讲集体化的错误。七十年代,苏联有个戏《第十三代农庄》,写农庄主席受审判,原来这个农庄很落后,后来他上任领着干,使农庄很快发展上去,比别的农庄增长十几倍,发展快了十几倍,但在发展中,违反了农庄条例,如叫劳动表现好的去休养,违法给社员们搞到了卫生设备,改善生活环境和生活条件。在审判中,所有的证人都说他好,审判没宣判,戏就结束了。令人深思。那些生产上不去的农庄和农庄主席,比他们差十五六倍的,却受到表扬。

战争文学,西蒙诺夫写的《生者和死者》,写战争没有准备,那些英雄的指挥官多是"肃反"时的受害者,他们强调写胜利,写反攻,不写早期的失利。著名的有二百万字的《围困》,不仅写列宁格勒被围九百天,也写指挥部,也写工厂,写国际,即所谓全景文学。

贝可夫的中篇《活到黎明》,得国家奖。

他们揭露社会弊病特别尖锐大胆。如写一个骗子,为了得到学位,给十八个委员全部行贿,最后被人揭发。而揭发者恰恰是个更大的骗子。

苏联三大学派,一是社会主义现实主义,二是创作方法多样化,三是历史的开放的体系,要吸收全人类优秀的艺术。

1980 年 5 月

谈西欧文学

西方现代文学基本情况背景

从第一次世界大战前后算起,讲倾向有:革命的批判的现实主义;资产阶级的反动的、颓废的现代主义;中间性的介于革命和反动之间。从不同程度反映了西方生活,三种倾向互相消长。

二十世纪二十年代,是现代文学和古典文学的分界线。现代文学反映的人和人的关系,出现了前所未有的情况——人与人之间的对立,人与自然的对立。古典文学是讲故事,现代文学则认为讲故事是作者的意图,注重内心描写,反映西方现代人的感觉方式。一九三七年以后,苏联"肃反"扩大化,革命文学受到冷落,存在主义兴起。

现代派是西方的主流。新中国成立以来,就否定现代派。因苏联作协四十年代曾否定过它。现代派文学都是反映西方真实生活的,但题材也有宣扬虚无主义情绪的。

意识流。爱因斯坦认为,思维是分阶段的,没有人认为思维是切不断的,过去、现在、未来像流水一样。意识流小说大多是象征主义的,写一些下意识的想象和幻觉,作品的主题很难确定,用暗示和象征表达不可捉摸的思想,幻想和真实并列或交叉进行。

当前流行的是法国产生而普及世界的"新小说",创始人罗伯-格里耶公开提出打倒巴尔扎克。他认为,时代正在前进,他反对用人的观点去反映世界。他说,事物的面貌本身怎么样就怎么写,要非人化,任何人包括作家都不能进入作品,让物的本身做自我表现;作家不是作品的母亲,而是接生婆,是事物表现自身的工具。

1980 年 5 月

读巴尔扎克《人间喜剧》

他一生写了九十多部作品,国内介绍不多。巴尔扎克一七九九年生于法国,父亲系中产阶级,他从小在乡间保姆家长大,后来在寄宿学校上小学,少和家庭接触。家里叫他学法律,但他热爱文学,先写戏剧,不成后改写小说。巴尔扎克当时住在巴黎,生活清苦,摸索了几年,粗制滥造,不用本名发表作品。为了维持生活,他开办印刷厂、出版社,失败后负了几百万元债。破产使他了解到资本主义的罪恶,在法律事务所当书记员,他通过一些案件看到资本主义家庭的内容,又研究社会学、经济学、宗教学,为他以后的创作提供了很好的基础。他后来开始写短、中篇,如《高利贷者》,每天写十六七个小时。

一八一九年至一八三九年为《人间喜剧》的创作阶段,原计划要写一百五十部,最终完成了五分之三。一八一三年参加了保皇党。在西方有种理论,思想越反动作品越宏大,实际上他有唯物主义的思想。

恩格斯说,《人间喜剧》是法国社会全面历史的记载。其艺术价值:

一、描写了资产阶级罪恶的发家史。

二、金钱是他作品中的中心线索。

三、经济状况的反映，写农民贫困的生活。

四、对人民的描述，后期真正代表人民说话。

《人间喜剧》的成就和特点：

巴尔扎克没有过时，他是"新小说"的始祖。对环境的描写是很出名的，情节可以虚构，细节一定要使人感到真实、充沛。

人比动物更复杂，千种万类。

巴尔扎克作品中的对话都很精彩，各种人物对话都体现了个人的身份，三言两语能把人物性格表现出来，对话不仅性格化还很短，三言两语至多五六句。他的作品中一般有五六十人，最多一部有一百五六十人。

1980 年 6 月

谈文学和政治经济学

经济学是一门沉闷的学问？不尽然。《资本论》特别是第一卷，就可以当文学作品读，很生动。

经济学是研究经济活动规律的。

恩格斯讲，《人间喜剧》是法国上流社会的历史，读了它，学到的比从经济学、统计学等中学到的都多。资本家是资本的人格化。

文学作品往往反映了同时代经济活动细节和发展规律。

帝国主义来中国是要市场的，不是要竞争者的，所以它绝不会让你发展资本主义而变成它的竞争者。

一个有时代意义的作品，肯定会体现出当时经济的兴亡。例如，巴尔扎克的《葛朗台》写了发财的经过，茅盾的《子夜》写了上海资本家的苦闷和艰难。帝国主义经济的进入，对本国经济生活的打击，读《红楼梦》都可以看出。

经济是基础，政治是经济的上层建筑；经济是商品的市场，是可以买卖的，价钱也可高可低，那么，政治当然也可以买卖了。

黄金无用，只是因为有了它，才变得很贵重；可它反过来，却使人俯首帖耳，服从黄金。

货币是一般等价物,可以换取所有商品。

《红楼梦》中,管理大观园实行包工的管理办法。晓之以权,喻之以利,这是薛宝钗的办法。王熙凤管理秦可卿的丧事是用改革的办法。薛宝钗提出兴利节用为纲,已经不是封建主义的办法了。

作家熟悉生活搞创作,光凭经历不中,经历可以写回忆录,那不是创作。要创作就要具有各方面的知识,要体验,要观察,要研究各方面的生活,还要间接的知识。《红楼梦》是封建社会的百科全书,曹雪芹连医学、做菜、做风筝等等都做过细致的研究。

经济生活应进入文学。

浪花可以翻起来,主流则深沉。

《镜花缘》中有个"君子国",好让不争,买东西的嫌便宜,要多给钱,卖东西的要少要钱。卖者要给上等货,买者要下等货。

1980 年 6 月

关于创作（一）

一个作家，不论在哪里都要谦虚，要比别人低一级，一辈子都要访师要拜友。

每写一篇都是一个起点，写了第一篇再写第二篇，还是一个新的起点，还是很难，还是要严谨认真。

怎样写作品的经验谈，不要读。那是空话，他要知道怎么写小说，他去写小说了，就不编什么创作方法了。

开窍门的钥匙在哪里？在自己心里，每一篇好的作品，都有窍门和经验。

现在的作家起点高。过去的作家要到工农兵中去，现在的作家是从工农兵中来。希望在年轻作家中，将来能产生大作家。

我们宁可要一本好书，不要一百本不好的书。光有量不中，重要的是质。

作家是灵魂的工程师。

写一个作品，最主要的是读者同情谁。如果作品中没有值得同情的人，作品就不好了。

现在的小说大部分是讲故事，而不是写人。要想尽一切办法把人写活，不光听故事，要身临其境在活人中。《艳阳天》和《金光大道》非常好，生活熟，但只能作为农村阶级斗争教科书。每个阶级的标准,可惜不是艺术品。揭露生活的作品,揭什么要有所选择。

不反对一些东西不行,要反对那些深刻的伤痕,如封建家长制的国家,一代一代都是封建的。明朝是封建的,明朝被打倒了;清朝是封建的,清朝被打倒了;民国是封建的,民国被打倒了。

当前感到最可怕的东西,是人们感到空虚,没有追求的东西,没有信仰了,什么都看穿了。老年人被空虚弄得麻木了,从自己一点狭隘的经验来看人生,什么理想也没有了,只有"孝"子,为子出力。有的人只按报纸上讲,和活人没有共同语言。青壮年谈起现状,也只是笑笑摇摇头,他们按时上下班,却没有思想,年轻人则空虚。

怎么在自己的文章里使人看到可爱的东西、可爱的人?我在生活中到处都有好人和朋友,如一个人跑几十里去帮助你,而无求于你。到哪里去找好人?首先得自己爱别人。现在是样样讲交换,可是也有不讲交换,而讲友情的人,这种人往往是无钱无权的人。我爱别人,别人才能爱我,在相互爱之中,生活才能快乐充实。

要写点有理想有希望有美好有幻想的东西。但生活是实在的,生活把人揪住不放,钱把人逼得庸俗起来。

　　　　　　　　　　　　　　　　　　　1981 年冬

关于创作（二）

作家的培养，不能靠如何创作的ABC，而是靠知识，多方面的知识来滋养。

创作是教不会的，可以带会，在天南地北海阔天空的闲谈中，几千句几万句话中，可能有一句话会使你豁然开朗。

文学靠的是单干，是各干各的。高尔基不学契诃夫，契诃夫不学托尔斯泰，各写各的。现在中国文坛有点跟风热，一个人写了这样，别人马上跟上这样，类同的多，跟风的多。如街上的生意，一家做扯面生意好，其他人都来做扯面。

搞创作要看自己的长处，发挥长处，也要看到自己的短处，不然就别想进步。

写一个短篇小说而被称为作家，是非常可怕的，前进路上充满了危机。

要多写。外国一个作家写了三百多部电影，不谈质量，数量上我们的作家也写得太少了。

我们这一代不是挨整就是整人。正当美好年华的时候，就开始整人或挨整，一次又一次，永远不是"左"派，整来整去没完没了。现在创作的黄金时间到了，大家要抓住创作的春天，抓紧写，掏劲写。

创作要思想解放。思想不解放，永远创作不出跟随时代的作品，永远创作不出好作品。

历史的台阶一步可以迈两个,但一步迈二十级就不行了,咱们没有资产阶级阶段。

现在有一个奇怪的现象,坐汽车的一定是好人,骑自行车的一定可疑。去宾馆开会,坐小车的门卫给你敬礼,骑自行车的门卫要盘问、要证件。

伟大的艺术从来不强加于人,强加于人的不是好艺术。艺术只能靠艺术去调动人的感情,靠领导的命令去调动观众,艺术就不是艺术。

一个作家只有三种工作,一写作,二读书,三深入生活。

题材无禁区,是自己骗自己的。

在新的阶段,有些什么新的东西值得写呢? 一个作家要无情地解剖别人,更要无情地解剖自己。通过解剖,你的认识和描写就深刻一些。

人凭智慧、感情、意志三者的结合。

大智若愚,大勇若怯,大奸若忠。

想讨好别人,就把自己丢掉了。

两条狗在一块儿玩得很好,一块骨头扔下去,两条狗就争开了,这就是没有人的情操。

好作品一要有用,二要结实,三要美丽,四要通俗易懂。

对崇拜的作家,平时可研究,但写作时要去做自己,我写我的,我的笔就是王。心里怎么想,手里就能怎么写,这就叫得心应手。

世界上一切事对作家都有用。作家要当捡破烂的,捡来的加以分类就能卖钱了。

老实者,老者不嫩,实者不空。什么都不懂,没思想,没主见,算什么老实?

人要有成就,一要有条件,二要有契机。

1984 年 5 月

关于创作（三）

今天许多的小说含蓄不够，"言有尽意未穷"不够。我也赞成大手笔，黄河之水天上来的气势，没有这种气势又含蓄不够，就一览无余，像一杯白水，没有回味的余地。

你的小说一万字，但一览无余，不如写一千字，憋得足足的，使人看了能想到很多很多，长久不忘。

旧社会有解气文学，善有善报、恶有恶报，但世界上到底是不是善有善报、恶有恶报呢？我看很值得考虑，只有到世界上充满光明时，善恶才有善恶之报。

清官戏是为了解气。我不反对解气，如权与法，只是想大家要写得深一些。

一定要写生活的真实。真实的生活一大堆，写什么？只有真正认识生活，才能写出生活的真实，才能写出思想的核心。就是要选择真正的生活。真实的生活容易写，可以一挥而就，但要写出生活的真实就不容易了。

人民想说的话，你把它写出来了，这很重要，但还要写出人民朦朦胧胧中的思想。你写出来后，人民感到深刻才行。

英雄人物是挖出来的，在细节中可以看出来。

人性是个很复杂的事，要好好写。

典型大概是代表一层人,但是要在批评家们典型的束缚下,就看不见真实的人,我经常担心作家们会被"典型"两个字控制住,绑住手脚,束缚了思想,歪曲了活生生的人。要写典型,更重要的是把人性写出来。被典型束缚住,很难把人写透,把人写出来。现在很多小说没有跳出一个固定的圈子,我总认为缺点什么。在不够宽的路上走,要写出丰富深刻的人性。

现在的中篇小说,电影性很强,一事一个画面,古往今来很多套子,写着写着就自己套住自己了。

现在一部分作品,文学艺术水平不够高,我是指的语言,对人物的描写、对景物的描写太不下功夫了。

写戏的有"藏手",通过演员再加工。写小说的没"藏手",要全靠作者赤裸裸的描写。没办法,所以得全靠自己的手笔,没有导演和演员、布景等能帮你的忙。

我们要广读书,还要深深地读自己喜爱的书,看它如何写的,要啃了它,吃下它。

海明威的《老人与海》,没有情节,也不是英雄,但给人的感觉他是一个活生生的人物。

我们要扩大去观察生活,去写文章。写文章要老是想说明一种或几种思想,你就永远写不好。李白的诗和思想也不断变化,他写过不同的诗,如:

酣歌激壮士,可以摧妖氛。

醒齰东篱下,渊明不足群。

人是最易变化的,人越老对社会的责任感越深。

1985 年春

观念问题。

现在谈文艺观念的更新,这是有针对性的,针对二十世纪五十年代、六十年代的文艺观。八十年代的文艺观为什么要更新?

关于创作(四)

因为,八十年代不是五十年代,我们的党、国家、社会、人民各方面的生活已经大大前进了,不同于五十年代了,再用五十年代的观念来反映当代生活,不仅读者不欢迎,还会闹出很多笑话,甚至会把好的说成坏的,坏的说成好的,必然会歪曲现代的生活,必然会违反"四项基本原则",你用五十年代、六十年代、七十年代的观念来衡量当今的生活,用毛主席的话说,必然会糟得很。在不同时代导致了不同结论,不更新观念人民不答应,你现在把谁的包产田夺回去行吗?

文艺观念的更新,实际上是社会观念的更新。几十年来,政治的、经济的、文化的、道德的、感情的各个方面的潜移默化,已经在人的心中铸就成了一种观念。这种观念绝非一朝一夕所能改变的,因为习惯成自然。你想问题,辨是非,都要受到习惯和感情支配,自觉和不自觉地用旧观念来决定取舍。这是创作上最可怕的因袭负担,特别是五十年代过来的人,前进一步都要搏斗,挣脱旧观念是不容易的。

具体到文艺创作上,就是所谓的文艺观念更新。

观察生活和认识生活的更新。生活对任何作家都是公平的,但作家对生活是有所偏爱的,这种偏爱的程度将决定一个作家的成就。伟大的作家爱一切生活,在他们眼里一切生活都是有用的,他们可能有盲点,但除了这一点,他们的生活面很宽,因而他们有写不完的东西。而我不是有个盲点,是有个盲面,眼睛只盯住一点,对别的视而不见,充耳不闻,结果常常觉着没有东西可写。只好努力地苦苦去寻找,找什么? 找自己偏爱的只能看见的那一点点,对身旁的"得来全不费功夫"的矿石都不屑一顾、不屑一想,这注定了我的贫乏。

为什么自己只有一个明点? 这是几十年的文艺观念形成的。

1985 年 8 月 30 日于南召县招待所

你们害怕批评吗？契诃夫说，批评家是什么？是马蝇，马在劳动中，马蝇就在它身上嗡嗡叮着，干扰它工作。

参加文代会有感

●

文艺和政治的关系。文艺的总口号是为人民服务，为社会主义服务。这个要从马克思主义基本原理出发，上层建筑要为经济基础服务，这条原理是不可能推翻，文艺对经济发展和无产阶级专政有利无利？认识分歧，一部分承认这个规律。另一部分认为政治科学文化，都要为经济基础服务，但政治是主导。几千年的实践证明，文艺不能离开政治影响，还要服从政治。第三部分认为要从实际出发，要看看新中国成立三十年来文艺是如何为政治服务的，至少为政治服务的理解是片面、狭隘、机械的，所以还是为人民服务、为社会主义服务广泛些好。

不要把"文艺为政治服务"的口号和文艺与政治的关系等同起来，不要从定理出发，要以时间、地点、条件为准绳去讲究实际问题。

文艺不能简单地理解为为政治服务，原因有三。

一、文学艺术是非常复杂的，有着丰富的内容和悠久的传统。在阶级社会以前就产生了文学艺术,在原始社会之前,而绝不是在阶级社会产生的各种山水画、轻音乐、杂技、美术、民间传说。为什么政治服务?《拾玉镯》在世界上受到欢迎。曹雪芹写《红楼梦》时会想到为什么政治服务,为哪个阶级服务?

按列宁说,每个民族都有两种文化,统治阶级的和人民的,又说社会主义文化要吸收历史上任何一切优秀的文化遗产。

二、既承认文艺来源于生活,就要写生活中的人。人一天二十四小时,是不是都过的政治生活? 全部生活的内容,都是政治生活吗? 没有家庭,没有娱乐,没有爱情,没有学习,没有一切?

三、为政治服务,不能概括文艺的全部功能。文艺能使人民认识生活,认识自然,有审美观念,有娱乐,有享受,有美好的感受,有陶冶性情的作用。狭隘地认为没有文艺,只能进行一种政治教育是可笑的、无知的。

凡是社会现象,作家都可以写,但写作时作家的观点、立场提出的问题,是不是正确的可以研究,但绝不可以说,写了社会现象,就是攻击社会。

文艺要高举"双百"方针,提倡题材多样化。一个大国生活如此丰富,作品却是如此单调,百家争鸣,不算百花齐放,同时没有题材的多样化,就没有风格流派。一个作家不可能无所不知,无所不能,强调写阶级斗争,写政策,写中心,一定会出现概念化、类同化。

各级文艺领导,要重视文艺规律。以前领导讲了一个笑话,他到下边去,正在贯彻计划生育,每个地方都叫看戏,主题都是只生一个小孩好。这样领导文艺怎么能行? 看起来这些地县领导把文艺当作宣传工作的工具,还不懂文艺的规律。

要正确对待知识分子。一个地方的领导审查雷锋塔,他说可以,但不能叫雷峰塔倒掉，因为我们还要学习雷锋。

参加四次文代会深有感触。作家要注重读书学习业务，同时，要对我们国家有个正确的认识。四次文代会后心情舒畅。一个年轻作家说文艺政策像个针眼，本来针眼就很小不容易穿进去，现在又在摇晃，更不好穿进去。

此次文代会开了个好头，有个基本总结，开拓了文艺上从来没有的广阔道路，中央有文件不准横加干涉。社会主义文艺不培养社会主义新人，叫谁去培养？为了促进社会主义制度的完善，要反对封建主义，只强调党性和无产阶级的权威。要帮助群众，认识到群众是真正的英雄，帮助教育启发人民，不要迷信，使社会主义民主和法制得到完善。

苏联文学早期有句话是正确的，用性格培养性格，如《钢铁是怎样炼成的》，用保尔的形象培养出千千万万个保尔。文学作品培养高尚的道德风尚，要发挥作用，教育人民和青年，树立一代新人。

文代会提出，多方面满足人民需要。小平同志也讲，这个要坚定不移按四次文代会和中央政策文件去做，要多学理论。任何理论都具有针对性，没有空洞的真理。

有人反对现实主义，要提倡社会主义、批判现实主义，对不对？要研究。任何理论要先研究符不符合当前的现实，不要先下定论。我认为凡是社会现象反映出来的，就是现实主义。最近一个记者说，赶快弄清什么是人性论和人道主义。多年来反对人性的人道主义，使一些青年人做了惨无人道的事，反对人性的结果是大大发展了兽性。

希望大家努力提高业务，练出真本领。多少年来在文艺上一个最大的错误，是不敢提倡文艺规律，不准谈文艺技巧。技巧是一个写人的问题，不写人物就没有技巧，也就不是文艺。写不出人物的性格、语言，就没技巧。心理描写再好，但你在写人物性格、语言、行动时模糊不清，就不是文艺。风景写得再好，出不来人物也是没有技巧，不是文艺。

关于生活问题，提倡写自己熟悉的生活，要扩大视野，加速对新生事物的认识，特别是历史转变时期，新情况、新问题要很好地研究，如群众搞了几十年合作化，现在却要单干，这是为什么？如何认识和表现？熟悉新生活，加深对旧生活的理解。有的同志对犯罪的青少年进行统计，经过调查，恰恰是不读书的人，过去认为是待业青年没工作的，现在是在业的人，而且是在业工作还不错的人。不能用老人的眼光看青年，青年人是思考的一代，是社会的希望。

生活、技巧、思想，这是创作上的三位一体，缺一不可，这就是基本功。要养成读书风、思考风、调查研究风、平等之风。

坚定相信四次文代会精神，坚定相信中央精神，坚定相信党，坚定相信"双百"方针，文艺就会繁荣。为千千万万劳动者服务，为人民服务，就是为国家、为民族服务。

1985 年 2 月

一封感谢信

大家选我当代表，是对我的鼓励和鞭策，我感激。但我深知自己不能完成大家的期望。我干了什么？写了几篇稿子，量不多，质不高，就是这些浅薄的东西，也是领导和同志们帮助的结果，和领导及同志们对我的希望差得远着哩。再说大家都是做实际工作的，真正起到了促进"四化"的作用，我只是摇摇笔杆而已，又摇得不好。说到贡献，我认为没法相比。如果同志们不干别的事，专门来写东西，我相信会比我干得更好一些。反过来叫我去做大家做的工作，我一定做得比大家要差。所以不论从哪个方面我都不够格，一定要选我，我也只能是一个不够格的代表，会辜负大家对我的信任，我希望能够选别的同志，会更合适一些。

关于北京情况，我听得少，看得少，我们那是业务学习，基本上两耳不闻窗外事，学了六个月，发了个毕业证，正像高中毕业，有的大有作为，有的无所作为，我属于后者，一个不成器的老学生。

在京期间看了故居和核工厂，听了人代会情况，祖国大有希望，处在新时期的黎明，这正是兴旺发达的开始。叶帅去年国庆指出，社会主义的目的就是为了提高全社会人民物质生活。小平同志在文代会上做了补充,为了高度物质文明和精神文明。咱们是搞文化的,是为了提高人民的文化生活,是为了精神文明。

国家承认有病了,并且在治病了,我们的社会就会日渐健康了。胡耀邦同志讲,不仅要打老鼠,也要打大老虎。渤海二号沉船事件万里同志批评了《工人日报》,不为工人说话算什么《工人日报》? 一切毒瘤都要割除,时间可能有早有晚,工农业的批极左必将大发展。

文化工作要认真贯彻"双百"方针,不要老是怀疑,否则光怕明天,今天就什么事也干不成。

1980 年 10 月

未竟稿
创作断想

书信·未竟稿卷

杂感

想忘的忘不了，
想记的记不住。

用刀杀人者为盗，
用情杀人者为何？

想得多的人，是说得少的人。

真情使人相近，
虚假使人相远。

心凉

她是副的，副处长。别人求她办件事，给了她五百元。她收了。她想，咱不能独吞，就给了处长二百元，给了下边二百元，处长是上级，下边人多，自己落一百元就不少了。

谁知，处长想，给我二百元，她一定落得更多。下边人想，给咱们二百元，这是她吃剩下的馍花，她自己落得一定更多。

结果，上下结合住整她。

吃请

柳在乡下开会,上午有人请他吃饭,说柳有恩于他。柳一时想不起来。原来一次走路,柳帮这人推东西抬架子车过河。这人说,你开会,我越看越像你,原来你——我没想到你是个官!

尊重知识

爷爱读书人,爷不识字。

爹说,你叫你孙子上学,你不识字。

爷说,我穷上不起,我供养你上一年学,对起你了,你对你儿子呢?

爹说,我供养他上中学。

醉

这是个乱成麻的单位,任何制度都无济于事。

他来了,雄心勃勃,想励精图治。但人们见的官多了,文武都不怕。他喝酒,喝醉了,挨门嬉笑怒骂,指出他们的缺点,吵得人人汗流。他酒醒了,检讨自己,并当场拿出二十元认罚。从此人人不敢乱来。

有人叫他介绍经验时,他哭了。

作家与猪者

他们又相会了,在一个劳模会上。

作家想起了往事,猪者也想起了往事。

他们终于得到了各自应得和想得的东西。

像个人

甲和乙陪着领导下乡,在招待所里,墙壁脱落了一块,奇形怪状。

官说:"像个人。"

甲说:"是,很像。"

乙说:"像个狼!"

于是,甲和乙开始了争论。官却听得眯眯笑,不插言,看他们的争论。

结果呢,可能有两种结论。

牢骚

他做着活儿,累得满头大汗。叫他歇,他不歇。他牢骚地诉说着过去没这样累过。

是的,过去强迫干,他千方百计耍猾脱身,不积极。现在没人强迫,他却拼命去干。他说,不干,就连铁林(生活中最差的)都比咱们强。

等和气

他年纪轻轻,专织草袋,织一会儿就去门口桥上浪一回。原大队长坐在桥上,注视着人们的一举一动,看见他心里就说:"你娃子别能!快了!"他根据几十年的经验,认为政策快变了。

后来,这年轻人就骑上新买的车子,在他面前逛几来回,还故意在他面前摇摇铃。他气坏了。

再后来,这年轻人买了辆手扶拖拉机,从他面前过来过去,他的女儿竟然也坐了上去。他气坏了,心说,他妈的,老子也会搞!

"和稀泥"队长

两家之间有一条小巷。张家去找他,他想起张家的叔是公社干部,他答应给张家。李家去找他,他想起李家的侄子是大队支书,他答应给李家。在张李二家的威逼下,他答应了两家。结果两家都去挖粪坑,双方打起来了。他抱住了头,怒道:"我难死了,谁也不给了!"

两代人

丹水那个因穷受奖的老头,获了一张张奖状。现在儿子因发财也获得了一张张奖状。两代人的矛盾。老的总忧心忡忡,小的欢天喜地,两个人格格不入。

他一生没置下一个囫囵板凳。今天儿子买了个沙发,他看见都气,庄稼人坐那个,屁股上能多长一块?他不坐。

慈母

年前,老大在广州收到了母亲寄来的木耳,老二在郑州收到了母亲寄来的干酸菜,老三在北京收到了母亲寄来的猴头菇。可是没一家给母亲寄东西。老大想着老二会寄,老二想着老三会寄,老三想着老大会寄。

母亲望穿秋水,谁也没有给她寄什么东西来。

短会

研究村里招个民办教师。人都来了,支书没来。大家商定这次可要坚持叫××上,好像决议已通过了。

支书来了,说:"我看我侄儿行,没意见吧?散会!"

他走了。

大家愕然。

爱烧香的人

初一、十五总要烧香,断不了。给大小干部送礼。死个鸡,也不舍得自己吃,要请干部来吃了,心里才美气。隔几天不烧香,似乎就不踏实,怕要出事。今天死了一头猪,又去请干部了。

提名者

他知道自己要下台了,公社书记要他谈谈候选人,他想往事想了一夜。

都以为他要提自己的亲信××,可他不,说××就会拍马屁,这几年他把我拍晕了。如那一次我错了,谁背后说我,他来打小报告。

"他不是对你很好吗?"

"我以后不当支书了,他也会打我小报告!"

他提了××——他的仇人。他有本事,我不干了,以后他领导得好,我也能吃饱。

结果,公社书记又提他当了候选人。

最后的检讨

他当支书干了多少件错事?可当他决心改正时,却不叫他干了。

他在羊虎山上挖条壕,他斗人批人,今天他后悔了,再做最后一次检讨,怨人也怨己,为啥别人没干这么多坏事?他一宗宗一件件检讨,某次干某错事,谁谁给我指出来,可我说人家反党,批了人家。列举了几件十几件,他哭了,结果他又当选了。

雾

在雾中,没天没地,没日没月,没人没屋。我只能看见我,只有我。

雾去了,有了天有了地,有了日有了月,有了人有了屋。

我不再看我了,没有了我。

杀

大旱三年。都说因为这里要出大官,这大官是张家娃子。人们急了,就把这娃子杀了。

梦

梦见了天堂般的住所,他怕了,忧心忡忡,说我要死了。

早知道

医院来了一台机器,说能查病,查癌。我天天去看,去了又不敢看,怕万一是了就不得了。于是,夜夜下决心次日去看,次日去了却不看。终于死了。死是死,总不是吓死的!

争爷

听说要在这里征地了。

一夜之间,这里出现了许多坟包(或:乱葬坟,平时没人管,这时有人管了),说是祖父的墓,要钱!

文物考证,掘墓后是条狗。

选举

吃粮不当军！支书干啥哩？你不说个青红皂白，叫老百姓咋弄？

我们选？我们又不是你肚子里的蛔虫，我们知道你中意谁？叫我们猜你的心事！人选得不合你的意了，你心里又不美气，又埋怨俺们，谁家当家的兴这？

现在当官的越来越滑头，啥事都推给老百姓，越来越不像话了。

猜心事！张三和支书好，李四和支书也好，你支书不想伤了和气，叫老百姓替你得罪人。没门，我才不上当哩，非叫你定不可！

说得可好听，叫咱们当家做主，啥当家做主？江山你们坐，得罪人的事叫咱们干！

成人事小，误人事大。选住谁谁不一定承情，选不住谁，谁可要恼一辈子。

选谁

村长选举提了两个候选人，何老三好恼！好气！骂支书当官不与民做主，出难题，只想让老百姓得罪人！

他思想斗争，斗来斗去，结果还是弃权，不去参加选举。

谁选上选不上与我无关！成人事小，误人事大，我才不傻屌哩！

亏债

老黄爱吃亏。皮袄换个夹袄，还是换给小人物。录音机换个收

音机。吃了一辈子亏,总说:"我吃亏了? 叫他给我哄住了!"下一次
照旧,换来了一生没挨整。

他死了,大家都来送葬。

还是傻子好。

我?

完全依赖自身以外的力量,依赖他人、组织及大自然。不固执己
见,不做自己想做的事,一心一意听从外在力量的指挥。不去体会
"我要"和"我是"这种感觉。

定时炸弹

反复强调针尖大的事都反对我。

封官

玩笑,说当了书记封他当股长。他很气,玩的都不舍得,要是真
的更苛刻了。

牛死

猪吃玉米红薯。

牛饿。

写想叫牛死又怜惜牛的复杂心情。

牛保险的价高。

妈偷偷喂,可是为了给儿子娶亲,也只好不喂。

写人性与金钱的搏斗,每次端着牛料走到牛槽时的思想搏斗。写老母亲和儿子的斗争,一个叫喂,一个不叫喂。

平等村

他们请来了个篾匠,会编织精工竹器,比卖竹子利大十倍,但叫谁学谁也不学。匠人吃好的,一顿四个菜。他们看不惯他比自己吃得好,饭场里一端起碗,大家就越想越不是味,"他妈的,他给咱们做活,比咱们吃得还好!"于是就把篾匠赶走了。从此,大家吃饭就气顺了,不气了,饭下去得利了。

胡老汉之死

胡老汉接①媳妇,大立柜放在院里,突然进来了一只公羊。羊看见穿衣镜里也有只羊,就一头抵去。镜碎了,羊也一头钻进了柜子。胡老汉认为不太吉利,就立时杀了羊。然后心还不静,总想着不吉利,就病倒了,越想越怕,结果胡老汉死了。

告密者

他组织了山茱萸黑市交易,又去政府告密,一举破获。他领取了

---

① 接:豫西南方言,即迎娶。

百分之二十的奖金，一夜之间成了万元户。

然后他又告密，家里有了楼房、彩电，一切现代化设备。

他成了告密专业户。

政府也气他，群众也恨他。

无神论者

为信神打了右派。为不信神丢了政协副主席。

他往庙里走去。

八百元

老子藏钱，说："只要有这八百元，儿子永远是儿子。"

儿子一怒而离家，回来后给老子八百元。

从此，儿子和老子平等了。

握手

偶遇领导，和他握手，他以为要提升，表现积极负责。后派来了局长，他懊悔："日他奶奶的，疯了和我握手！"

疤瘌

三人出差，二人臭味相投，不理领导。于是，领导以墙上一块疤瘌像什么为题，让他们二人争论，以似猪似羊而结束。

豫园奇案

要挖豫园,并开来了机器,双方展开了斗争,结果豫园给了十六万元了事。事后双方都受到了各自上级的表扬。

求真

"一百元,人均。"他汇报。

"不真。"上级说。

"一百五十元。"

"……"

"二百元。"

"是嘛,为啥不报真的?"

他哭了。他笑了。

受贿

他犹豫了,他从专业户家走出来时心乱了。

去年他来时,专业户诉说了被敲诈的情况,是充满希望地看他。今年专业户受敲诈时,是充满求告的眼光——不要说,千万不要说。

超越

人,一生中永远超越不了自己的眼光,连自己都超越不了,还超越什么？

档案永不消失

他送走了含泪的老人们，他哭了，他觉得自己不是人。

人们含着眼泪走了，他忽然也哭了。良心发现，不该留下复印件，他决心烧了。可是组织部门又留下了复印件的复印件。

换笑

王保长老婆的哭声，给山村人带来了欢笑。这一夜真美，因为哭声出自王保长家里。

何老三领人上街。

路上，对别司令的评价。

"八国留学也不中。"

"冤枉也只冤枉这一回。"

访古人

西湖上，有仿宋茶楼。今人留影，多邀店小二合影，小二就成了陪照者。留影者以和古人合照为乐，小二则辛酸万般。哪一天能像他们一样也西装革履，漫游西湖多美？

写店小二的愁思，和一个阔佬合影的愤怒！

座位

人生的座位。旅途，长途客车。排队的绕圈，后门的先上去了，等排队的到时人已坐满。晚了，座位号重了，座让人坐了。我就站在别人旁边等，等别人下车了，好占个座位。可是，一人一人下车了，一个一个座被人占了，我还是没有座位。等车快到终点站了，我终于有个座位。虽然离站只有一里了，可总算有个座位，我庆幸地长出了一口气。

裤衩

看南召的迪斯科，有人持异议。忽然想起了裤衩：脸和手臂为什么可以展露，而那里为什么要裤衩？因为，越是羞耻的地方，越是需要外衣罩住。外衣往往是脏的表面现象。外衣越华丽，只怕内在的东西越见不得人。

鲜花不用打扮。

涂粉的脸皮不白。

幸福

幸福往往是一种愚蠢的东西，它常常是由单纯和幼稚、自私和无知构成的。

幸福，是扔向岩石的鸡蛋，在空中飞行时是那么得意，可是，等待它的却是毁灭。

南阳讲学

某学者在台上讲,台下全是请来的临时工来听课。

古有请人代哭的,现在发展到请人替笑。讲到好处,"你们看我笑也跟着笑,看我鼓掌也鼓掌,不会亏待你们!"

衣服

她穿了一件老式衣服,去参加一个宴会。她自惭形秽,却不甘心自贬,就玩世不恭地说:"清代的!"人们都注意她,因她与众不同。可是,人们都看她,看出了美,成了议论中心。她痛苦,决心弄一身与众相同的衣服,她费了九牛二虎之力,终于弄到了。

她盼着有个宴会,好去展示自己,使人知道,她们能穿的,她也能穿,并不弱于他人。

终于这一天到了。邻家举行婚礼,她去了,可是她发呆了,别的女人都穿着上一次宴会时她穿的那种衣服,只有她与众人格格不入。人们都看着她,说她穿着过时的衣服。

一猪一羊,公路上墙

公路原设计走旧路,又近又平,山不陡,但因要通过一祖坟,又是支书家的坟,支书叫队里给设计人员送去一猪一羊,于是改到奶头山,比原来的旧路远十倍、陡百倍,钱多千千倍。

真假人参

假药泛滥,清理时,有人从中牟利,把真人参当作假人参清理,又从中获了财。

假作真时真亦假。

叔和侄

张三问李四叫叔,后张三升了官,李四说:"咱们过去赶的亲戚,是从远门子赶的。咱们再从我三妈处赶赶,我应该问你叫表叔。"从此,李四向张三叫叔。

调动

托人给县长送礼,想给儿子调动,县长收了礼也答应了,后又送礼,县长说:"没问题,我已经给你们想去的单位领导讲了。"

隔了几个月没见动静,托人去问想去的单位领导,这领导说:"见鬼了,我啥时见县长了。"

他绝望了,说:"咱前世欠人家的账,这一辈该还人家的。还了,心里美了。"

买卖

街上卖飞鸽自行车,一百六十八元一辆。

"要证不要？"

"不要！"

问者扭头就走。

"咋？"

"不要证一定是假的！"

一票

选科长,他以五票当选,全科只有六个人。他上任之后,首先想的是那一票,是谁没投？他分析每个人都有可能,于是把五个人全部排斥走。

得宝

她挖地挖出了钱,二十世纪五十年代和八十年代的两种思想使她在矛盾中被挤死。又想光荣又想要钱,结果交一半留一半,造成了悲剧。

妈说:"你不应当留。"

夫说:"你不应当交。"

不论按妈说的和按夫说的都没事,可她却出了事……

井

张宝发了财,怕群众眼红,就在院里打了一眼新井,供群众吃水。这里吃水很远,担一担水要跑一里远。群众对张宝的行动很感激,都去他家担水。

唯有李拐子不去,因为张宝曾打断了李拐子的腿。他还是一拐一拐地去河里担水。别人劝他,他不,他说:"我是个人。"

于是,王五看他可怜,就给他担水。

石七又陪着王五担水。

张三又陪着石七担水。

…………

于是,人们又都去河里担水。

张宝的院子又冷落了。

张宝看到钱就怕了,就平了水井,也去河里担水了。

朋友

至交,两小无猜,他当了官,突然间失去了朋友,连说话也没人了,他感到悲哀。

面粉

面粉,是人类的通用食物。中国、外国,东洋、西洋,经过名厨和巧手变出了千差万别的食品。不仅形不同,色不同,味不同,质量也有优劣,营养价值也有高低。怎么做都可以,爱做什么做什么,只要人们能吃爱吃就行。蒸馍不要贬低烙馍,烙馍不要贬低蒸馍,蒸馍和烙馍也不可团结起来反对面包,面包也不要笑话蒸馍和烙馍。天下之大,人类之多,多一种有何不好? 当然,少做点面疙瘩,学他人之长,多做点精养食品更好。不过,万变不离其宗,都得用面粉去做。如果用土粉去做,虽外形华丽无比,也只能证明手艺超群,却算不得食品。

八百元

他苦苦干了一生,攒了一生,终于有了八百元钱。虽然家里一贫如洗,家徒四壁,却保持着村里首富的权威。虽然他一毛不拔,别人沾不上他一点光,但却尊重他。他的话在村里举足轻重,在家里更是说一不二。因为他有了八百元,别人要花钱的事,在他这里,可以不花钱办事,因为他有钱。如找媳妇。他不仅可以沾上物质的光,在精神上也独享尊严。

谁知儿子不听他的,要去搞什么副业了,他又气又恼,不仅怕赔了,还怕别人跟着富了,他在村里就失去了威望。他不给儿子一分钱,他骂儿子不懂事(没钱的人也就没理),他认为,只要钱攥在自己手里,就可以统治儿子,统治村子,他的话在这村子里就是绝对真理,都得服从。人们虽然讨厌他,但却不知不觉地尊重他,因为他"美气"。

儿子叛逆了,他气他恼。他想叫儿子发财,又诅咒儿子赔钱。如果都有了钱,他该怎么办?把他放在哪里?

儿子回来了,交给了他八百元。他愣了,他失去了训人的力量,他精神垮了。

千里王国

他终于拿到票了,像获得了准生证,就要离开母腹——这个喧闹的城市了。

他自信有座位,还是一号,天字第一号。他去了,很早就去了。服务员领着他们进站了,绕来绕去,可到了车上,已经上了许多人,妈的,开后门上去的。

他上去了,座位已经被人占了。票号重了,争吵,他是失败者。

他只好站,站在到叶县下车的人边,他敬烟,拍马屁。

放树的人见汽车来了,把树拉倒,挡住去路,高兴,大笑,然后来卖东西。

车好不容易开了。

司机卖红薯,大家抗议,司机大火,说:你们想活不想活,我换你们一车!

吃饭,司机吃香的,旅客吃坏的,谁也不敢吭了。

下车的多拉他几里路。

怕挤,坐小车去。坐不了小车,就不能怕挤。

到叶县了,座位又被人抢走了。

站到终点了,到土门了,终于有空座可坐了下去,可是也到了。

握手

他在街上走,碰见了县长。平日,总是相视而过,从不说话。他是个小人物,自知价低,不敢高攀,常常一看见县长就滑走了。可今天,鬼才知道为了什么,可能是他要当官了,可能是他的亲戚要当官了,可能是县长有求于他了,也可能……可能什么呢?反正,县长喜笑颜开地主动迎上去和他握了手,他受宠若惊了,周围的人也像发现了新大陆,消息迅速传开,引起了一件件喜剧、闹剧和悲剧。

他的精神状态变了,扬扬得意,平常他对通信员都低三下四,单位里九个人,他常说自己是第九把手。可今天,他竟敢和局长平起平坐了,还提出了一些建议和批评。他怎么突然变了个人?人人都在猜测、分析,出现了各种各样的谣言。他也在猜测,×局缺个副局长,×单位的主任还没安排……

街上见他和县长握手的人也在议论和行动,以为好事要降到他身上,有请客的,送礼的,求他办事的,他感到快活。到后来,他也认为自己真成了人物,也在家里大把花钱,庆祝自己即将到来的升迁。

一天一天过去,什么也没等到,人们又对他照常了。他感到失望。他就在县长常走的路上等着,等着了,谁知县长只看了他一眼便过去了。

他纳闷,为什么事,做错了什么,使那次握手失去了作用?

面子情

李大叔去看望亲家。亲家不在家,亲家母热情接待,给烧了鸡蛋茶。大热天,又渴又饿,大叔看着一碗鸡蛋(还是去借的),实在感动感激,乡里人,一个鸡蛋换一斤盐哩。

他喝了一口,觉着味不对,放下了。

亲家母问:"蜂糖不甜?"

"甜。"

"不甜了再放一点。"

大叔看着她眼睁睁地看着自己,实在不好意思说不好喝,心想,蜂糖放久了原是这个味!

"不好喝?"

"好喝,好喝,可好喝!"

"不甜?"

"甜,甜,可甜!"

亲家母又拿来了瓶子。

李大叔只好硬着头皮喝了。不喝,负了亲家母一片好心,一片盛情。

李大叔病了,一时三刻不得了,送到医院一看,中毒了。抢救过来后,护士问:"你没试着不是糖?"

"我试着了。"

"那你咋还喝?"

"我能不喝吗? 亲家母那样热情,不喝伤了她的面子。再说,不喝她还要再放哩!"

作家梦

提起往事,就捂住被子哭,跳到红薯窖里哭。

在校学习好,爱语文,从小爱写诗,学校写材料让我写。

一九五六年,发救济款,叫四个干部贪污了,群众找我说,你是报社通讯员,给上级说说。我就写了,县委批给被告干部。我上学校,就有人跟踪,后开我批判会,问我咋知道,我不说。先斗反映情况者,都软了。全城关群众开大会,说,反映干部就是反党,反党就是反革命。我说,我是通讯员反映情况。他们说,你说你是金子,我们认为你是豆腐渣。把我捕了。

住了两个月监,监和学校隔墙,听见学校打钟,我心里就急就想回学校念书。后法院说,你回去吧,你小,不懂社会,你反映的情况给了和被告好的人。

回来后，天天斗我，买个醋都派人跟踪，笑不是哭不是。后找了个人家嫁了，想离开这个环境。谁知逃不开，去了就挨打，说俺是反革命，丈夫打，兄弟打，没办法离婚，回娘家。人家不叫住，后跑到西安投亲。

人在困难中不要投亲靠友，大娘听我说了家中遭遇，她怕了，第二天早上问，巧艺你走不走？走了就不做你的饭了。我伤心地说，走！后到陕北，给人家做针线。

四十七岁了，每年听到大学招生揭晓，就流眼泪，想到自己当年也能上学，可是⋯⋯

我走路爱一个人走，哭也没人看得见。

大病初愈

一

支书家又请客了，轰动了整个村子。有什么奇怪？支书家三日一小宴，五日一大宴。县里公社来客人，断不了宴会，村里人也沾光了，吃不到美味，可香气没少闻啊。可是，这次请客就是与往昔不同，就是值得轰塌天！因为请的是手下人生产队长和老白头——两个庶民百姓！请手下人，这在支书的宴会史上是破天荒！

酒没好酒，宴没好宴。人们看着队长兴冲冲走去，肚子里像塞了块冰，凉了，完了。

原来，群众要求大包干，支书不同意。大家说通了队长，队长说下午开群众会表决，只要多数人赞成，那就搞。这一请，队长不变才怪！

二

支书老婆因负伤不做活,光记工。现在罗支书没本事,连个大包干都禁不住,你往日的威风跑哪里了?

原来,支书制止了。队长告到公社,公社说,不听你们两个的,叫尊重群众意见。

"政策越来越得人心,屁!人心越来越不听咱的话。"支书心想。

"别做老梦了,现在叫群众想咋搞就咋搞。"硬的不中了,只有用软的了,所以才请客。

支书做菜,是昨天县里来人吃的菜底,又叫保管去队里拿来花生米、黑木耳等。

三

队长来了。

队长看到桌子上的每个菜,都是生产队社员的血汗。吃着每个菜,想起一个个这菜被榨取的故事。

队长和支书各怀鬼胎。那个社员老白头要打岔,队长在桌下踢他脚制止他。支书老婆出来敬酒 。支书进行现身教育,说,不要看眼前,共产党政策好变。你小心点!队长话中有话说,共产党是经过五十年代、六十年代的共产党。

支书在引导:"当年你办黑社,没想到现在你……"

队长说:"三十年了,为什么要这样?"

"当年你办黑社,你拔过界石,没想到……"

"你应当想到,连我都这样,为什么?你应当想想,你认为我心里好受吗?"

"你变了！"

"我没变，是你变了。你只想纱帽红，没想到社员肚子空！"

队长最后把支书灌醉了。

四

支书做了个美梦，江山依旧。

老婆把他打醒了，在他醉时，队里的社员已做了决议，并且正在分地了！

支书傻眼了。

支书没挡住，结果包产到户了。支书夫人去做活了，病也好了。人们说她是：大病初愈。

未竟稿
山里红（剧本）

书信·未竟稿卷

苍茫如海的伏牛山中,竹林深处有一片林子,整齐,干净,富裕。

大场里,金黄的稻谷,棒槌大的玉米,雪白的棉花,一堆一堆,正在翻晒,满满当当的。一边打扮一新的车辆,正在装着公粮、余粮。欢乐的人群,从保管室里继续往外扛着粮食。这才看清,门口上挂着一块木牌:红花坪生产队。门两边墙上是大字标语:学习大寨,不断革命。

银兰扛着一大包粮食,从屋里出来。正在装载的长运一眼看见,忙跳下车迎上去,悄声埋怨道:"也不怕压坏了。"

银兰一笑:"我是泥捏的?"

长运接过粮食包,扛到车上。

银兰擦去额头汗珠,围着车辆,逐个检查着,这里那里,缝上三针两线。

双喜走出来,提的小包中露出了半截算盘,对银兰道:"银兰,还装不装?"

银兰:"够了没有?"

双喜:"都超额一万斤了!"

银兰:"好吧。"

在身边装车的陈大磨听了,高叫道:"好家伙,今年这余粮钱可够美美叨一嘴了。"

银兰看他一眼,笑道:"陈大磨,我看你是越吃嗓子越深。"

双喜叫道:"长运,走吧,天不早了。"

长运:"走。"

他命令道:"走啊!"

车队出发了。众人目送,喜形于色。银兰忽然快步追上,把针线包交给长运,嘱咐道:"路上小心着点。"

长运接着针线包,说:"走吧,你也进城看看吧。"

银兰:"不。"她回头指着一个姑娘,"我还要和玉华去金鸡岭看看哩。"

长运不以为然地说:"噫,又是金鸡岭,有个啥看头吗?"

银兰:"等你回来再说吧。"

车队走去。

银兰和玉华回头走去,见队屋门口围着一堆人,在看墙上的一张大红纸,那张纸恰好盖了标语中的"断"字,银兰不满地问:"这谁真①会贴?"

玉华:"黑蛋吧。"

队屋门口,人们看着那张纸念道:"庆祝大丰收,今夜演出曲剧《南方来信》!"

"黑蛋,谁演主角呀?"

黑蛋端着糨糊,得意地说:"咱们女队长银兰呀。"

银兰挤到了前边,叫道:"黑蛋,你咋真会贴呀。"

黑蛋:"咋?"

银兰指着标语,道:"你看,学习大寨,不啥革命——"

众人哄笑。

银兰把戏报轻轻揭下,移贴到空白处,指着露出来的"断"字,说:"咱由穷变富,还要不断革命才对啊!"

黑蛋调皮地:"噫,想不到贴个戏报也得懂点政治哩!"

银兰回身,对一个正在翻晒稻谷的青年叫道:"铁柱,走。玉华,咱们去金鸡岭看看。"

---

① 真:豫西南方言,读 zhèn,意为"这么"的连续转音。

车队沿着灌河前进。河边一条一条新打造出的沙埂上,芦花白,里边是一块一块新整的田地。长运坐在车上,指着这浅田愉快地说道:"谁说沙滩上不长庄稼,就这,今年给咱一两万斤稻谷,明年还要给咱万把斤小麦。"

陈大磨赶着车,献媚地:"这不假,就凭你办这些事,要在旧社会,非给你立座碑不可。"

长运朗朗大笑:"你别帮着我发展骄傲自满啦!"

陈大磨:"骄傲? 我骄傲一下,还没有咋骄傲哩!"

长运:"啧,又来了。说真的,想听听大家对我有啥意见。"

陈大磨:"对你? 哈,谁要对你还有意见,我都要和他拼命……不过,对队里倒有点小意见。"

长运关切地:"啥?"

陈大磨:"哎,苦战了这几年,队长,也该叫大家歇歇,搞点基本建设了!"

长运大方地说:"这你放心,我王长运不会亏待大家的!"

前边,石壁上挂着大字标语:"学大寨,学红花,超红花。"陈大磨:"看,连大泉沟也要超咱们哩。"

长运不在话下地笑道:"超吧,只要他能超过嘛!"

这时,村子里出来一辆马车,奔向他们,赶车的大汉叫道:"喂,长运,今年又超额多少呀?"

长运回头,笑道:"小意思,才超额一万斤。你们王家沟哩? 大队长。"

王队长:"我们是个穷队,咋能比你们哩?"

和王队长同车的小青年叫道:"走着瞧,我们总有一天要超过你们。"

长运:"欢迎!"他接过陈大磨手中的鞭子,催马飞驰而去。

突然,车队陷进路边的水沟里,长运差点被震下来,他忙跳下车扬鞭打骂,往上拉着,陈大磨在这边推着。

王队长他们赶上来,被挡住了路,那个小青年牢骚地:"咋搞的,挡住我们也走不成!"

王队长:"走,虎子,帮他们推推。"

他们走上前帮忙推着……

金鸡岭上,银兰、玉华和铁柱迎风而立。

玉华指指村子这边:"看——"

绿山脚下,渠道闪烁银光,田地整齐如切,景色似画。

铁柱看着,憨笑道:"要能拍个电影,那该多好看呀!"

玉华附和道:"对,最好能送到北京,叫毛主席看看,咱们听了他老人家的话,山也变,水也变!"

银兰面对这两张无忧无虑的笑脸,笑道:"别忘了,毛主席还叫咱们一分为二哩,咱们再看看那边。"

他们转过头去,面前又是一番景象:坡秃沟荒,山骨外露,到处是冲刷出的水槽,狼牙巨石,一片荒凉。

玉华和铁柱的笑容消失了。

银兰语重心长地说:"前边的路还长着哩!丰收了,只是给了咱们一点路费,还要往前走才行呀!"

铁柱坚决地说:"银兰姐,你说吧,咱们该咋走?"

玉华机灵地说:"咋走?把这边治得和那边一样呗。"她回头指指村那边,问银兰:"对不对?"

银兰笑道:"对！走,咱们看看该咋治。"

他们往下坡走去。不远,一块巨石上,有人用料姜石歪歪扭扭地写着"为人民服务"。银兰奇怪地问:"这是谁写的?"

铁柱也奇怪地问:"谁?"

玉华突然指指远处,惊叫道:"看,那里也有！"

他们忙走过去,只见一行用石子砌的"为人民服务",玉华指着字的下边,叫道:"看,谁种的树苗?"

一块小小的育苗田,树苗已经二三尺高,银兰深思:"为人民服务,树苗……这是谁?"

大家举目四望,远处一群白羊,银兰醒悟地:"他? 一定是他。"她忙往羊群走去。

他们转弯抹角,来到羊群附近,有一个人背对着他们,蹲在一块苗田旁边,又在用石子砌着"为人民服务"。玉华叫道:"喜田爷！"

那人猛一转身,只见银须飘飘,他也惊喜地叫道:"啊！ 你们咋也跟到这里?"

银柱迫不及待地说:"喜田爷,坡上那'为人民服务',都是你写的?"

喜田爷笑而不语。

玉华把他上下打量一番,忽然上前拿过他的烟袋,看着烟荷包上绣的"为人民服务",说:"是你,都是你！"

喜田爷笑道:"听你们读毛主席的书,句句入心,我想,老了,多了也记不住,无论如何也要把'为人民服务'这五个字学到手。"他接过烟袋,指着荷包,说:"我就叫银兰给我绣上这几个字,我好走到哪里学到哪里。"

铁柱恍然道:"那树苗也一定是你种的了！"

喜田爷:"学一个字就用一个字嘛! 你们来是……"

玉华:"是来看山的,今年要治了。"

喜田爷高兴地说:"好,我想着也该动手了! 就是怕到治的时候没啥栽,我才种这树苗哩!"

银兰感动地说:"你想的可真周到呀!"

喜田爷:"周到啥? 毛主席叫咱全心全意,咱还差得远哩!"

银兰坚定地说:"我们一定要把这山治好!"

喜田爷看看玉华和铁柱,激励道:"这山,可难治呀!"

玉华不服地说:"有多难?"

喜田爷顺手挖了一镢,只听咣当一声,说:"这满坡上下全是石头叠石头,挖地三尺没有土坷垃,要想改地,可不容易呀!"

银兰自信地说:"这都不怕……"

玉华:"那还怕啥? 咱们队里的人,可都是硬棒的好汉。"

铁柱也附和地说:"从前缺粮少钱,大家治河改地都干得像吃白菜一样。现在,要粮有粮,要钱有钱,还有啥难!"

银兰心事重重地说:"难也就难在这里。从前缺吃少穿,不干,不革命,就翻不了身。现在吃得饱穿得暖,家家有余粮,人人有余钱,就怕有人不想干了……"

队屋门前,马车奔驰而来,正在收打的人们叫道:"卖余粮的回来了。"

双喜:"回来了!"他提着一捆钞票跳下马车,问长运:"这钱是先拿去存信用社,还是就分?"

长运卸着东西,随口道:"分吧。"

双喜犹豫地说:"前天咱们研究那分配方案,银兰不同意啊。是不是等她回来再商量商量?"

陈大磨拉着马,哈哈大笑道:"分你的吧。不管论公论私,长运还能当不了银兰的家?"

长运坚定地说:"分吧,不用等她了。"

陈大磨如得令箭,马上冲着场里的人们叫道:"分余粮钱了! 都快来领呀!"

保管室里挤了不少人,十分热火。

刘连岁领了钱正在查数,陈大磨对着他哈哈大笑道:"刘连岁,这一下可该给铁柱和玉华办喜事了!"

刘连岁心不在焉地说:"哎,哎!"

陈大磨挤到桌前,掏出私章,在印泥盒里摁了一下,放在嘴上哈了一口气,照着双喜指的格子就要盖下,突然背后伸出一只手挡住了他,叫道:"先别急。"

陈大磨回头见是银兰,急忙问:"咋?"

银兰不理他,直问双喜:"没研究好呢,咋可分了?"

双喜:"长运叫分的!"

领了钱的和没领钱的都怔住了,刘连岁拿起钱出门便走。

银兰:"钱都留了?"

双喜:"该留的都留了。"

银兰:"治山的钱留了没有?"

陈大磨一愣:"啥呀,还要治山?"

银兰转身把他打量一番,指着他的衣帽,含笑地反问道:"咋,你只管自己穿美啦戴美啦,叫那山光着头秃着身子,不该给它穿件绿衣裳?"

众人哄笑。

陈大磨不知如何对答,一眼看见长运进来,忙叫道:"队长,你这一口子不叫分呀!"

长运不高兴地看了银兰一眼,银兰迎上去喊:"长运……"

长运:"你来。"他走进里间,银兰跟了去,小屋里有两张床,他俩对面坐着。长运用大丈夫的口气说:"钱是我叫分的,反正队里也没别的用项。"

银兰商量地说:"咱留点钱,今年把山治了不行?"

长运固执地说:"给你说了几百回,那山上没油水!"

银兰:"只要咱多流点汗水,还怕它没油水!"

长运不耐烦地说:"你知道群众的心思不知道?苦战了这几年,图啥?还不都是想多分一点。留得多了,会影响大家积极性!"

银兰撇嘴一笑:"按你说,分得越多积极性越高,那咋这两年分的比前两年分的多一倍,为啥有些人反而不想干了?"

长运语塞地说:"这……"

银兰规劝道:"咱真要是关心群众,就该领着大家往前再走!"

长运火辣辣地说:"走!走!还有个劳逸结合没有?也该叫人歇歇嘛!"

外边人们还在等待着,一个光头社员问陈大磨:"长运这会儿要变卦吧?"

陈大磨故意纵声大笑:"你放心,长运说句话和村口的牌坊一样,变不了卦。"

长运气冲冲地从屋里走出来,对双喜道:"分你的!"

银兰紧跟而出,对双喜道:"不能分!"

双喜左右为难,半开玩笑地说:"看,你们两口,一个男队长,一个女队长,叫我听谁的?"

银兰果断地说:"听党的,听群众的。"

长运一怒而去:"好,你当家吧!"

银兰欲追:"长运——"

陈大磨在这边又道:"服从命令听指挥,大队长叫分就分吧!"他又要盖章。

铁柱和玉华走了进来。铁柱讽刺道:"陈大磨,平常劳动咋没见你说过要服从命令听指挥?"

陈大磨瞪他一眼:"别光拿着五尺量人家。"

铁柱:"我哪一点只四尺八?"

陈大磨:"哼,你爹哩?你爹早把钱领走了!"

铁柱恼怒道:"他——"他一气而去。

银兰拐了回来,说服大家道:"都先去忙吧!今天夜里开社员大会研究了就分,保证大家比往年都分得多,增产了,一定也叫大家得实惠!"

众人:"好。"说着欲散去。

陈大磨咬牙道:"那分过的户咋办?"

一个老汉回奉道:"咋办?先退给队里。"他把钱递给双喜,道:"我们还当该留的都留了,要不我们还不领哩。"

接着,三五人也退过钱。

陈大磨无可奈何地看看手中私章,对光头社员道:"走!"

银兰看陈大磨们小声咕叽着走去,她思索了一下,叫道:"玉华,走!"

她俩走出门,银兰道:"我去各家串联串联,你去和铁柱他爹谈谈。"

玉华羞怯地说:"我——"

黑蛋家。

黑蛋妈和三五个妇女在缝着草袋,黑蛋在一旁看着小人书,银兰进来了。

妇女们叫道:"银兰,看我缝得好不好?"

银兰一一看过,说:"都好。"也坐下缝着。

一只老母鸡领了一群小鸡,咯咯着走进来。黑蛋妈抓了一把粮撒在地下。母鸡扒着,咕咕着唤小鸡来吃。银兰看了,想了想,笑道:"婶,你抱这么多鸡娃呀!"

一个妇女:"人家逢年过节都不舍得吃一个鸡蛋,都抱成鸡娃了。"

黑蛋妈解释道:"吃一个鸡蛋当啥? 一个鸡蛋要抱成鸡娃,长大了能再生几百个蛋哩!"

另一个妇女:"啧啧,看看多会算,可真是治家子!"

银兰灵机鼓励道:"咱们队里也向黑蛋妈学习,大家说好不好?"

黑蛋妈:"噫,看我有个啥学的!"

一个妇女:"咱们队里也抱鸡娃?"

银兰:"对! 咱们抱啥鸡娃? 咱们丰收了,都分了当啥? 咱们也留点钱,把金鸡岭治好,叫它年年给咱们生金蛋! 大婶,你看中不中?"

黑蛋妈笑道:"大侄女,你真会说话,我可举双手赞成。"

银兰:"大家说中不中?"

众妇女:"中! 咋不中,治田治地还不中!"

银兰起身告辞:"那我走了。"

众妇女:"咋?"

银兰:“我还有事哩。”她走了。

黑蛋目送银兰走去,对妈妈埋怨道:“可歇歇哩,又要治山哩!你赞成,我可不赞成。”

黑蛋妈训斥道:“你赞成啥?你就赞成吃,赞成玩。这回治山,你得去给我好好干。”

黑蛋噘起嘴,又看起了小人书。

刘连岁家里。

铁柱轻轻打开箱子,刚拿出钱,刘连岁进来了,喝道:“你干啥?”

铁柱:“人家领的钱都先交回去。”

刘连岁:“就说咱已经还账了。”

铁柱:“没还账嘛,咋要说瞎话。”

他说着往外走去,刘连岁挡住门,猛不防一把夺过钱,咕哝道:“你别跟着别人瞎咋呼,现在不愁吃不愁喝,还治的啥山?还不赶快准备准备把玉华接进来,再添一把手,要不了一年,还怕再盖不了三间瓦房?”

外边一声咳嗽,玉华走进来,叫:“大伯。”

刘连岁一见没过门的媳妇,慌了手脚,忙指着一把椅子:“坐,坐。”

玉华大方地坐下,和铁柱悄悄地相对一笑。刘连岁局促不安地欲走,道:“我去给你倒点茶。”

玉华:“我不喝。”

刘连岁:“我去给你拿个柿子。”

玉华:“我不吃。”

刘连岁正无法脱身,铁柱却递过一条凳子,说:“爹,你坐下嘛。”

刘连岁狠狠瞪他一眼,只好坐下。

玉华故意地说:"铁柱,咱们去治山好不好?"

铁柱看爹一眼,回道:"现在不愁吃不愁喝,还治山干啥?"刘连岁听了,翻他一眼。

玉华温和地批驳道:"你这啥意思? 要不是革命,你咋能不愁吃不愁喝。咱可不能自己饱,就不要革命。大伯,你说对不对?"

刘连岁尴尬地说:"对,对。"

铁柱说:"俺们要盖瓦房哩!"刘连岁听了要气死了,用眼在骂铁柱。

玉华还是温和地批评道:"现在咱房子还能住,停两年再盖也不晚嘛。现在国家需要粮食,咱可不能只顾自己,不管国家呀! 大伯,你说行不行?"

刘连岁:"好,好。"

玉华:"你还有啥?"

铁柱:"我没啥,只要我爹同意。"

玉华:"大伯还能和你的思想一样? 当然同意。大伯,你赞成治山吧?"

刘连岁:"赞成,赞成,只要别人都赞成,我还有啥?"

长运家里。

银兰坐在灶边,一边烧火,一边看书,读着读着碰上拦路虎了。她掏出钢笔,比着书本,在手心上写下那个不认识的字:毫。

儿子小春来了喊:"妈。"

银兰:"小春,看这是个啥字?"

小春看着她的手,说:"毫,一丝一毫的毫。"

银兰恍然说道："毫！毫不利己。"她又看着。

小春偎在她身边玩，看她那样专心，好奇地问："妈，你真用功，你们也考试？"

银兰随口："嗯。"

小春："那谁给你们改卷？"

银兰一愣，这倒是个问题哩，回道："群众给改卷子。"

小春："群众怎些人，谁给你划分哩？"

又是个问题，银兰想想，道："党。"

小春："你吃过一百分没有？"

银兰："妈还差得远哩。"

长运回来了，银兰忙放下书，起来盛饭。小春拿着书，扑向长运，说："爹，你成天都不读书，你不怕考试时吃大鸡蛋？"

长运推开他："走，爬一边去。"

银兰把饭递给长运，温柔地说："一时开会……"

长运接过碗，扭头就走。银兰看着他的背影，长叹一口气。

长运端着饭碗，来到门前小场里。月光下，三三两两的人正吃饭，议论着，一见长运走来，陈大磨便凑上去，关心地说："队长，咱们干啥不比治山利大呀！再说，那山可不好治呀，万一出了差错，赔钱搭工都不说，还得丢人打家伙……"

长运又是批评又是鼓励地说："别在背后乱犯自由主义，有意见一时到会上提……"

锣鼓阵阵。

土戏台上汽灯雪亮。后台，银兰等人正在化妆。前场，已挤满了人。陈大磨提着一篮花生在卖，他正给一个小孩称着，喜田爷走来，道:"陈大磨,又干起来了?"

陈大磨一边从秤盘上取下花生,一边嘻嘻着回道:"见缝插针嘛!"

场上,长运走到当中,高声叫道:"喂,都别说话了! 我讲个事。"

大家静下来了,陈大磨挤向光头社员。

长运讲道:"大家劳累了这几年,原来打算叫大家歇歇,现在有人提议要治金鸡岭,这就要多留钱多出工。大家好好合计合计,看看是治,还是不治。有意见都讲到当面,别会上不讲,下去乱说。"

陈大磨从长运的话中受到鼓舞,他拉拉光头社员,光头社员就大声地说:"治河改地干了这几年,还要治山,是个牛也该倒倒沫了。"

铁柱虎生①站起,回道:"队里一个月有四天休,还没有你倒沫的工夫?"

满场哄笑。

光头社员不知该怎么回答,推了推陈大磨,埋怨道:"说呀,轮着你了。"

陈大磨硬着头皮说:"哎,我反映个群众意见行不行?"

长运:"行。"

陈大磨:"有人说……"他掏出一张纸,可又看不清,结结巴巴地重复道:"人家说……有人说……都说……"

众人哄笑:"又是人家说……"

长运急了:"你上来说吧,这里亮堂些。"

陈大磨犹豫了一下,把花生篮子递给光头社员,想想又自己扛着篮,跑到台上,在汽灯下看着纸片,讲道:"人家说,咱们现在收的粮

① 虎生:豫西南方言,指猛然、猛地。

食连一半也吃不完,再见得多还不是为了卖。要说到钱,那治山可划不着,又费工又费本,也不过收那三两千斤粮食,才值二三百元。要是去搞副业,一冬一春少说也能挣个三千元。有人问,是三千多,还是三百多?"

光头社员等应道:"三千多!"

喜田爷气道:"就长个钱心。"

陈大磨得意地看看长运:"有人问,队里是要三百呀,还是要三千?"

后台,银兰正在描眉,越听越火,她撂下眉笔,向前台冲去。玉华在后边叫道:"你化着妆呢。"

银兰不顾,冲到前台,大声道:"队里不要三百,也不要三千,要一万!"

台下,人们奇异地议论道。

黑蛋妈:"这是谁?"

黑蛋:"我银兰姐。"

黑蛋妈:"咋这个打扮?"

黑蛋:"啧,人家演的城南女英雄嘛。"

台上,银兰理直气壮地讲道:"咱队有五座荒山,要是全治好了,五道沟能改一百亩地,五座坡能栽五千棵油桐,每年少说能收五万斤粮食,能摘五万斤桐籽,合到一块儿能值一万多块钱。大家说,是三千多,还是一万多?"

众人大声回道:"一万多!"

银兰:"咱们是要三千呀,还是要一万?"

众人热烈地说:"要一万!"

刘连岁心动了,从口袋里摸出了钱。

台上,银兰又讲:"再说,这账也不能按钱多钱少来算。咱们是公社社员,是种田的,不是攒钱的,多打粮食是咱们建设社会主义的本分,咱不能撂下庄稼去做生意,走资本主义道路。"

台下,众人热烈地:"对!"

台上,陈大磨沉不住气了,但还不甘心失败,说:"你队长讲到国家,有人说,咱们今年都超额卖了一万斤余粮,还不算爱国?"

台下,有人表示赞同。

台上,银兰激动地说:"咋,难道爱国还有个斤两,超额一万斤就算爱到头了?"她大声地鼓动道:"同志们,卖余粮会超额,是咱们对革命对国家应尽的责任,就这也不会超额。"

台下,一片叫好声:"对!对!"

"爱国还能论斤称?"

铁柱起身叫道:"陈大磨,你还有啥说?"

陈大磨招架不住了,语无伦次地:"不,不,我没啥说,可是有人说……"

玉华从后台一冲而至,她也化着妆,端着枪,冲着陈大磨:"有人,有人,是谁?"

陈大磨吓了一跳,退着,叫道:"哎,哎,你咋动起枪了?"

玉华狠狠地说:"谁叫你想把大家往资本主义路上领哩。"

银兰托起玉华的枪口,批评道:"咋都是人家说,你为啥不自己说?"

陈大磨忙乱地说:"真都是人家说的,我没啥说!"他狼狈地跳下了台子。

众人哄笑。

台下,光头社员看大势已去,又不死心,碰碰喜田爷道:"你说说呀。"

喜田爷:"我说啥?"

光头社员:"等到治山得利,胡子都白了。"

喜田爷:"胡子白了也得治。"

陈大磨忍不住插嘴道:"你得啥?你还能活几天?治得再好,你也享受不到。"

喜田爷火了:"我活不了几天,人民公社可会长生不老!"

光头社员看势不妙,圆场道:"算啦,算啦。"他又冲着台上高叫:"咱们是议论分配的,别东扯葫芦西扯瓢,先把钱分了,别的事以后再议论。"

黑蛋妈被一群妇女拥着站了起来,说:"我这拙嘴笨舌的说两句。"

银兰:"说吧。"

黑蛋妈:"常话讲,养老母鸡不怕没蛋吃。把钱都分了,那不就是把鸡蛋都吃了?咱留下点钱治好山,等于留个鸡蛋抱个鸡娃,长大了好再给咱们生蛋。"

台下一片拥护声:"对!好!"

台上,银兰看看长运,长运不高兴地站起来,扬手道:"大家争了半天,是不是想叫多打点粮食?"

众人:"对!"

长运:"我有几个意见。咱们多种点优良品种,再多买点化肥,把平地种好一点,也能多见粮食,比治山还稳当还省力,大家说对不对?"

众人愕然,银兰又气又急。

陈大磨等叫好道:"这才是正经子腔。"

长运得意:"赞成的举手!"

突然,一声大叫:"别急!"一个穿着褪色军衣的人跳上了台子。

台下,众人惊奇地喊出声:"啊? 支书!"

"他啥时来了?"

台上,支书比画着。"我今天要两个拳头,"他左右开弓,爽朗地说道,"赞成银兰把荒山治好的意见,也赞成长运把平地种好的意见,咱们要来个两路进兵,就能留下更多的粮食。"

台下:"对。"

台上,支书又讲:"可是,话又说回来,要不把山治好,不光山上拿不到粮食,遇到一场大水,还得冲走平地几千斤粮食。"

台下,活跃地议论着:

"这话不假。"

"山不治,平地也不保险。"

台上,支书又活泛地讲道:"逮个麻雀还得费个弹,要治山也得下点本。我赞成黑蛋妈那话,留个鸡蛋,抱个鸡娃,将来长成个大老母鸡,年年给咱们咯咯哒哒生蛋,大家说好不好?"

满场欢乐的喧闹声:"好!"

刘连岁看看手中的钱,不言不语地塞进铁柱手里。铁柱看了看,醒悟地跑去。

台上,支书:"长运,表决吧!"

长运无奈地说:"赞成留钱治山的 举手。"

手举了满场,有的还举了两只手,连小春也在银兰怀里举起了手,有的妇女怀中抱的小孩也举起了小手。

长运:"放下。不赞成的举手。"

陈大磨等互相看看,没敢举手。

支书:"天不早了,开戏吧!"他跳下台去。

长运走向银兰,伸着手:"钥匙。"

银兰:"咋,你不看戏?"她掏出钥匙。

长运一把夺走,负气而去。

银兰盯他一眼,回头重重地道:"开戏!"

支书在一旁看了,想了想,也往后台走去。

锣鼓喧天。

后台,银兰在继续化妆,从镜中看见支书走来,忙回头问道:"你咋不看戏哩?"

支书:"看不成呀! 我是上大泉沟有个关紧事,走到这里碰上了!"他坐到银兰旁边,在前台传来的音乐声中,两个人谈着。

支书:"长运这一阵咋样?"

银兰生气地说:"别提他了。"

支书审视着她:"咋?"

银兰满含怨气地剖白道:"支书,我真没想到,他从前可不是这样啊! 以前,我们心里想的一样,嘴里说的一样,双手干的一样,只盼着穷队早一天变富。现在刚刚富了一点,他可变了!"

支书沉思着,自责地说:"他是有些掉队了,看起来,我们支部的工作是落后了,这都怪我,没把人的工作做好……"

银兰听了,怨气变成了惭愧:"我也没尽到责任!"

支书自语般地说:"最近我常想,为人民服务咋样才能叫作完全?"

玉华来取帽子,顺口道:"咋叫完全? 就是自己一心一意干革命吧!"

支书摇头道:"不! 光自己一心一意干革命还不能叫'完全',得帮助每个同志都一心一意干革命,这才能叫'完全'。"

银兰听了,知道支书是在婉转地批评她,便检讨道:"我……"

一个青年催道:"银兰姐,快,该你上场了!"

银兰看看支书,支书道:"去吧,我也该走了。"

家里。

长运躺在床上独自生气,谁知,那锣鼓声格外响,琴弦声格外脆,银兰的唱声格外动听。他越听越烦,拉过被子包住了头。

那盏忘了吹熄的灯,在闪烁着。

散戏了。

喜田爷陪着银兰往家走去,三三两两的人跟着银兰,赞道:"城南人可真勇敢!"

银兰:"咱们生产也要有这股劲才行!"

门外,传来银兰的话声,长运满肚子的火发作了,他一拳砸在床上,趁势而起,坐在帐子里等着。

银兰和喜田爷走进来了。

喜田爷:"长运睡着了?"

银兰掀开帐角一看,长运活像端坐的关公,她怔了一下,知道此时一谈就炸,忙放下帐子,撒谎说:"睡着了。"她把灯端到窗前桌上,又反身坐到床沿上,手背到帐子里摆摆,不许他发言。

长运干气说不出话来。

喜田爷吸着烟,说:"也不知道他心里对治山是不是真通了。"

银兰:"他会通的。"

喜田爷感叹地:"没料到他会和陈大磨走到一条路上。你可得拉住他,可不能叫他和陈大磨走上一条路啊!"

银兰感激地应道："唉,唉。"

长运火冒三丈,推开银兰的手,正要争辩,只见喜田爷站起来道："天不早了,睡吧。"

银兰："行。"她站起来送他。

喜田爷起身走去,又不放心地问："他一时醒了,会不会和你闹起来?"

银兰回头看了看帐子,强笑道："不,不会!"

喜田爷："那好。"他走了。

银兰送走喜田爷,回到屋里还没站定,只见帐子往两边一撩,长运跳了下来,牢骚道："成天就会挑刺,陈大磨怎么着,他又不是'地富反坏右'。"

银兰看他一眼："可他想的是资本主义。"

长运怒道："啊,那我也是想的资本主义?"

银兰给他倒了一杯水,说："你自己想想是啥主义吧!"

长运啪一声,把茶杯放到桌上。

银兰顺手掂过一件衣服,在灯下缝着,看他那怒气冲冲的样子,就语重心长地说："你知道不知道,支书在为你检讨,喜田爷在为你担心,群众对你有意见,只有陈大磨在拥护你,你想想,这是什么问题?"

长运不语。他坐在床上生闷气,不住拿眼翻她,她却缝着衣服头也不抬。他忍不住了,问道："你说,现在咱们队里生产搞得咋样?"

银兰："不错呀,咋?"

长运："群众对咱们咋样?"

银兰："好啊。"

长运："上级相信不相信咱们?"

银兰烦了："有话你就直说吧。"

长运嘘了一口气："咱们好不容易赶到这一步啊！现在,咱再多少下点劲,就能稳稳当当拿到千斤队,这不比治山强？"

银兰："咱山也治,千斤队也夺,不是更好！"

长运："夺？这样夺呀,越夺越远！"

银兰："咋？"

长运："你这是拉后腿。"

银兰更不明白："我咋叫拉后腿？"

长运理直气壮地："咋,好比千斤队能上北京,咱们现在已经到了保定,再治些薄地,把单产拉下来,这不是把人又拉得退回郑州。"

银兰恍然大悟,撇嘴一笑："我看只要总产能增加,能多卖余粮,社会主义能跑步前进,个人退到哪里是小事,咱搞生产,又不是为了名为了利！"

长运被说住了,停了停又道："治山？那山可是腊肉骨头,万一治不好出了差错咋办？你想过没有？"

银兰又继续缝着衣服,感叹地自语道："想不到你越来越胆小,前几年治河改地,你可不是这样啊！"

长运："前几年咱穷得当当响,那是逼上梁山,现在何必要去冒这个风险！"

银兰抬起头,盯着他："咋？三顿饱饭可就把革命的胆摘掉了！"她又低头缝着,自语道："咱穷的时候要革命,富的时候还要革命。"

长运烦躁地站起来,蛮横地问："我问你,失败了咋办？"

银兰："找出教训再干。"

长运："群众有意见咋办？"

银兰："有意见我接受。"

长运："上级批评了咋办?"

银兰："我检查。"

长运搪塞道："好,那你治吧。"

银兰咬断线头,笑道："那你明天和我们一路上山,看看咋治,行不行?"

长运："你真能,独一个还治不好?"

银兰："你不帮我一把,我能拿得下来?"

长运看着墙上的奖状,自语道："哼,啥时把模范弄成麻烦就安心了。"

银兰把手中的衣服穿到长运身上,前后襟拉拉,端详道："上级给咱光荣,是鼓励咱继续往前干的,就像穿上了好衣服,总不能因为怕弄脏,就不敢再做活了。"

长运生气地噗一下吹灭了灯。

村头,锣鼓喧天,十分热火。

治山队担着被窝卷和工具,向大家告别。黑蛋妈拉着黑蛋赶来,对银兰嘱托道："他可是个害娃,你给我管严一点。"

银兰笑道："你放心,黑蛋保险能变成个好娃。"

喜田爷嘱咐道："好好干……"

铁柱、玉华笑着回答："你放心,治不好我们不下山。"

黑蛋抽抽鼻子："还不结婚,对吧?"

众人笑道："好,只要有这个决心就好。"

治山队敲 锣打鼓走去,只有长运还在和双喜说话:"多上供销社打听着点,化肥来了多买点!"他回头见银兰在笑他,便顺手薅过她肩上的东西,赌气地看她一眼,径自大步走去。

银兰一笑,也忙跟上。

金鸡岭下,正在安营扎寨,搭棚子,垒锅灶,充满欢乐和忙乱。

黑蛋叫声:"看枪!"把一捆草投向棚顶,恰好打住陈大磨。陈大磨一把抓住草捆,没好气地骂道:"你高兴的啥?"

黑蛋回了一枪:"咋,我叫你来治山的,你给我发的啥牢骚?"

陈大磨不再言语,站在棚顶,生气地望着山上。

山顶,银兰等在察看地形,研究从哪里动工。长运扬镢挖下去,咣当一声,碰到了石头上,他满腹牢骚地往坡下走去,银兰等只好跟上。

半坡上,长运又挖了几镢,连着咣当几声,他看银兰一眼,道:"看见没有,都是石头窟。"

银兰含笑地说:"啧,石头多难挖,可也是个有利条件。"

长运:"啥利?"

银兰:"垒梯田不愁没石头呀!"

长运:"哼,还不愁钱没地方花哩。"他又往沟底走去。

沟底倒还平坦,长运四下挖挖,果断地说:"要治,就先从这里治。"

银兰犹豫地说:"是不是先从山顶治?"

长运:"那里都是石头,咋治?再说,山顶那里巴掌大的地块,要看没看,要粮没粮。"

银兰看看玉华和铁柱,拿不定主意。

长运:"先在这里修上几大块梯田,又有工又能多打粮,万一治成了,人家看着也好看!"

银兰从牙缝里挤出两个字："好吧。"

山谷里,轰隆一声巨响,浓烟夹着石块冲向天空,又从四面八方落下。

开工了,几十把镢头在上下飞舞。

银兰和长运并肩挖着,她指了指玉华和铁柱:"看——"

一眼望去,铁柱和玉华干得火热,忽而铁柱在前,忽而玉华在前。铁柱满头大汗,玉华看他一眼,不声不响把毛巾扔向他。

这场景使银兰想起当年,她充满感动地悄声道:"咱们从前也这样干过。"

长运看了一眼,心有所动。

银兰热切地:"来,咱们也再一起干。"她说着紧挖几镢,抢到了前边。

长运还是不紧不慢挖着,淡淡地道:"老了!"

银兰回头看了他一眼,含笑道:"我看你不是人老了,是心老了。"

那边铁柱大声叫道:"黑蛋,你是来治山的,还是来看小人书的?"

黑蛋坐在一块石头上,一手拿着小人书,一手扶着钻,说道:"咋,你爹打锤都没来,总不能叫我一只手扶钻,一只手打锤。"

铁柱听了,气得说不出话,丢下镢头跑了。

一个小山沟里,刘连发正在挖着什么,铁柱跑来生气地叫道:"爹,你弄啥哩?"

刘连发不语,挖出一窝天冬,抖着土坷垃。

铁柱生气道:"治山哩,你咋跑来挖药哩?"

刘连发慢腾腾地说:"咋,你们歇歇,我来挖草药,公私兼顾一下还不行?"

铁柱气极地说:"你还兼顾哩,人家都做半天了!"

刘连发吃惊地说:"啊,可上工了……"他急急忙忙往工地上跑去。

刘连发来到工地,见银兰正在替他打锤,他难为情地走上去,伸着手,怯生生地说:"给我!"

银兰看他一眼,继续打着锤,说:"看你满头大汗,先歇歇吧。"

刘连发忙擦去汗,黑蛋埋怨道:"你跑,你跑,叫我跟着受表扬。"

刘连发更不好受了,他再次伸着手,求告:"给我吧。"

银兰看他难受的样子,就把锤递给他,她接过黑蛋的钻,说:"你先去挖一会儿。"

黑蛋对刘连发做个鬼脸跑了。

刘连发抡起锤,狠狠地打着。银兰问:"大叔,你今年多大岁数了?"

刘连发:"四十八了。"

银兰:"四十八?看你像四十岁……唉,记得我爹四十八时,瘦得皮包骨头,那时候他正在给地主当长工,后来被压伤,风雪天被扔了出来,死在了土地庙里……"

刘连发急忙地说:"唉,要不是共产党来,我还不是 和你爹一样,骨头朽了。"

…………

(未完成)

1974 年冬

附录
乔典运创作年谱

书信·未竟稿卷

1929 年 …… 3 月 1 日，出生于河南省西峡县五里桥乡北堂村。

1935 年 …… 2 月，在西峡县五里桥乡北堂小学上学。

1938 年 …… 1 月，在西峡县五里桥乡黄狮小学上学。

1940 年 …… 先后在育德中学、开封中学、至诚中学上学。

1942 年 …… 4 月，因逃学被父亲关禁闭在家三个月。

7 月，考入国立一中，在淅川县上集上学。

1944 年 …… 春，因日寇西犯，随国立一中迁入陕西省汉中城固县，继续上学。

1946 年 …… 7 月，国立一中解散，被分配到河南省陕县师范简师上学。

1947 年 …… 2 月，陕县师范毕业，被分配到陕县大营小学当小学教员。

5 月，被分配到陕县观音堂三花村教学。

8 月，参加国民党青年军 206 师 5 团预干总队，当上等兵。

1948 年 …… 3 月，在洛阳战斗中受伤。先后在河南洛阳、郑州，安徽乌衣，江苏镇江等地医院住院治疗。

1949 年 …… 5 月，出院。

7 月，参加中国人民解放军，在福州军区新兵 22 团警卫营担任文化教员。立三等功一次。

1952 年 …… 3 月，调入福州军区工兵 12 团，任见习工作员、文化教员。

1953 年 …… 4 月，加入共青团。

8 月，因得肺结核病，从部队复员回乡。

1954 年 …… 1 月，分配到西峡县转建办公室工作。

7月，当选为人民委员会委员，参加西峡县一届人民代表大会。

1955 年 ······ 返回老家务农，开始文学创作。

处女作诗歌《高高山上一棵槐》在《河南文艺》第 11 期发表；《故事二则》《寓言三则》、短篇小说《捉狼记》《两张"告示"》在《河南文艺》相继发表。

1956 年 ······ 4月，加入中国作家协会武汉分会。

10月，参加河南省第一届青年创作积极分子大会。

11月，当选为西峡县二届人民委员会委员。

短篇小说《送地》《我选举了他》在《长江文艺》第 3 期、6 期发表；童话《黄牛和花喜鹊做朋友》、短篇小说《歇晌》《割草回来》在《河南文艺》相继发表。

曲剧《双送地》选入河南人民出版社出版的曲剧集《双送地》；坠子《香烟记》选入河南人民出版社出版的曲艺集《霞光万道（第二集）》，并获同年河南省曲艺一等奖；短篇小说《两张"告示"》选入河南人民出版社出版的河南青年文学创作选集《小黑》。

1957 年 ······ 短篇小说《和好》《雨》、创作谈《苏联文学鼓舞我们前进，引导我重新走向生活》在《奔流》1957 年第 3 期、9 期、11 期发表；短篇小说《解疙瘩》、寓言《无知的小猫》《寓言两则》、小小说《这是习惯》、长诗《把山河重新拢好》《我家住在干河旁》、唱词《老强教子》等作品在《河南日报》《南阳日报》相继发表。

1958 年 ······ 8月，调入西峡县报社工作，任编辑。

诗歌《山水诗草》《天不怕地不怕》《古今》在《奔流》第 2 期发表；短篇小说《小诸葛》在《奔流》第 6 期发表；创作短篇小说《龙》《真龙出世》。

第一部作品集《磨盘山上红旗飘》由河南人民出版社出版，收入一篇特写《磨盘山上红旗飘》、四篇小说《龙》《小诸葛》《我选举了他》《歇晌》。

1959 年 ……　散文《水利大军向前进》《公社的红旗》《竞赛》在《河南日报》等报刊相继发表。

散文《千山万山红花开》由河南人民出版社出版单行本；散文《西峡游记》由河南人民出版社出版单行本。

1960 年 ……　3 月，到南阳日报社工作，任试用记者。

11 月，被下放回家。

短篇小说《公社的人情》在《长江文艺》第 3 期发表；短篇小说《麦田上的竞赛》在《奔流》第 4 期发表；小小说《找纽扣的人》、散文《绿树成荫果满园》《红心》《打猎记》《山中之王》在《河南日报》《大公报》等报刊相继发表。

1961 年 ……　5 月，被分配到西峡县文化馆工作。

短篇小说《石青山》在《奔流》第 12 期发表。

1962 年 ……　年初，被下放回乡。

3 月，到广州，应邀为珠江电影制片厂改写电影剧本。

1963 年 ……　短篇小说《三人行》《石家新史》在《奔流》第 1 期、10 期发表；短篇小说《枣子和锥子》《秋香的心事》

等作品相继发表。

1964 年 ……　第一部中篇小说《贫农代表》由河南人民出版社出版
单行本。

当选为西峡县四届人民委员会委员。

1965 年 ……　再次到广州，应邀为珠江电影制片厂改编中篇小说
《贫农代表》。 其间，珠影厂导演、演员一行人来到
西峡选外景地，并体验生活。

1966 年 ……　年初，与珠影厂领导一起进京汇报电影《贫农代表》。
夏天，电影剧本《贫农代表》通过，摄制组成立。
"文革"开始，《贫农代表》暂停拍摄。

10 月，由广州返回西峡县北堂村。

1967 年
────　……　受"文革"迫害停笔。
1968 年

1972 年 ……　5 月，受珠江电影制片厂厂长洪遒邀请，第三次到广
州改写电影剧本。

1973 年 ……　大部分时间在广州，为珠江电影制作厂改写电影剧本。

1974 年 ……　5 月，被重新分配到西峡县文化馆工作。

1975 年 ……　电影剧本《山梅》在《文艺创作谈》第 2 期发表。

1976 年 ……　9 月，创作电影剧本《山里红梅》，由珠江电影制片厂
拍摄上演；粉碎"四人帮"后，因影片中有批判走资
派的片段而遭禁。

1978 年 ……　2 月，调入西峡县文化局创作室工作，任创作员。 重
新拿起笔，开始文学创作。

短篇小说《父子情》《贵客》在《河南文艺》第 2 期、
6 期发表。

1979 年 …… 9 月，加入中国作家协会。

10 月，赴北京参加中国文联第四次全国代表大会、中国作协第三次全国代表大会。

短篇小说《三百一十三个"×"》《平常不平常》《气球》在《奔流》第 3 期、7 期、9 期发表；短篇小说《平反之后》《活鬼的故事》《苦笑》《希罕报恩》《砍不倒的树》等作品相继发表。

短篇小说《贵客》选入上海文艺出版社出版的小说集《神圣的使命》；短篇小说《挡不住的脚步》选入河南人民出版社出版的小说集《枫岭晨曲》；短篇小说《贵客》《石青山》选入河南人民出版社出版的《河南三十年短篇小说选（1949—1979）》。

1980 年 …… 4 月，赴北京参加中国作家协会文学讲习所（第五期）学习，为期半年。

5 月，在河南省第二次文代会上，当选为河南省文联委员、河南省作家协会理事。

10 月，到广州，为珠江电影制片厂改编电影剧本。

短篇小说《春秋配》在《奔流》第 1 期发表；短篇小说《小院恩仇》在《小说季刊》第 4 期发表；短篇小说《雪夜奇事》《黑与白》在《北京文学》第 7 期、12 期发表；短篇小说《驴的喜剧》在《人民文学》第 9 期发表；短篇小说《含泪的谎言》《还魂记》《恩情》《夜惊》《又一个活鬼》等作品相继发表；创作剧本《小院》。

著名文学评论家雷达在《奔流》第 4 期发表评论《对

生活的独特发现——漫谈农民作家乔典运的创作》。

短篇小说《将计就计》选入河南人民出版社出版的《大河呼啸——河南民兵革命斗争故事》。

1981 年 ······ 4 月，由广州返回西峡。

5 月，当选为西峡县六届人大常委会委员。

6 月，参加河南省作家协会在信阳鸡公山举办的笔会。

短篇小说《旋风》在《莽原》第 1 期发表；短篇小说《笑语满场》在《北京文学》第 7 期发表，并获得北京文学奖，《新华文摘》第 9 期转载；短篇小说《失眠》在《广州文艺》第 12 期发表，获得首届《广州文艺》朝花奖；散文《读书与创作》等作品发表；创作短篇小说《大梦难醒》。

1982 年 ······ 3 月，当选为河南省六届人大代表。

中篇小说《灯》在《中篇小说新作》第 3 期发表；短篇小说《人和路》在《上海文学》第 6 期发表；短篇小说《绕了一圈之后》在《广州文艺》第 6 期发表；中篇小说《小猫不知人间事》在《奔流》第 9 期发表；短篇小说《让座》《还愿》、创作谈《热爱生活，认识生活》《做生活的有情人》等作品相继发表。

短篇小说《笑语满场》获得由河南省文艺作品评奖委员会颁发的优秀作品奖。

1983 年 ······ 7 月，参加《莽原》编辑部在信阳鸡公山举办的笔会。

电影剧本《华灯初上》在《银幕剧作》第 2 期发表；短篇小说《丁四虎》在《梁园》第 5 期发表；散文《路边

的话》在《奔流》第 7 期发表；短篇小说《分路》在《鸭绿江》第 11 期发表。

短篇小说《笑语满场》选入河南人民出版社出版的《笑语满场——河南省 1981 年获奖作品》。

入选中国作家协会主编的《中国文学家辞典·现代卷》。

1984 年 ……　4 月，参加河南省作家协会在洛阳召开的"农村题材小说创作座谈会"。

8 月，参加《奔流》编辑部在淅川举办的笔会。

9 月，当选为西峡县七届人大常委会副主任。

10 月，《村魂》座谈会在郑州召开，由河南省作家协会、河南日报社联合主办。

11 月，参加河南省作家协会在郑州举办的中青年作者读书班，为期一个月。

12 月，进京参加中国作家协会第四次全国代表大会。

短篇小说《母子情》《村魂》在《奔流》第 5 期、8 期发表，《村魂》获得首届奔流佳作奖，《小说选刊》第 10 期转载；短篇小说《鞋》在《洛神》第 6 期发表；散文《心在文中》、创作谈《真心话》《兴奋之余》《学习·生活》等作品相继发表。

短篇小说《村魂》选入人民文学出版社出版的《1984 年短篇小说选》。

小说集《小院恩仇》由花城出版社出版。

1985 年 ……　1 月，加入中国共产党。

7 月，调入西峡县文联工作，任文联主席。

10月，参加由中国作家协会组织的访粤代表团，赴港澳珠三角洲参观访问，历时一个月。

短篇小说《满票》在《奔流》第3期发表，《小说选刊》第10期转载，获得第二届奔流佳作奖；短篇小说《借笑》在《北京文学》第9期发表；短篇小说《鸡仇蛋恩》、散文《大山之子》、创作谈《生活的恩赐》《别了，昨天》《别忘了脚下的土地》《心宽了，劲来了》等作品相继发表。

著名文艺评论家阎纲在《红旗》第5期发表评论文章《笑比哭难受——读短篇小说〈村魂〉》。

短篇小说《村魂》被《作品与争鸣》第7期转载，同期刊发阎纲、西亚等五人的评论文章。

短篇小说《满票》选入人民文学出版社出版的《1985年短篇小说选》。

同年，任南阳地区文联副主席、南阳地区作协主席。

因在文化工作中事迹突出，成绩显著，被南阳地区行政公署提升一级工资作为奖励。

1986年 …… 5月，参加南阳日报社举办的内乡笔会。

8月，参加河南省作家协会在西峡县黄石庵举办的笔会。

10月，参加河南省作家协会举办的第二届黄河笔会。

中篇小说《从早到晚》在《莽原》第3期发表；短篇小说《乡醉》在《奔流》第4期发表，《小说选刊》第6期转载；短篇小说《美人儿》在《躬耕》第6期发表；短篇小说《怪梦》在《奔流》第7期发表；短篇小说《无字碑》在《上海文学》第 10 期发表；短篇小说《笑城》在《鸭绿江》第 10 期发表；短篇小说《刘王村》在《北京文学》第 11 期发表；短篇小说《十万分之一》《价值》《姑父》《一瓜二命》《三个怕老婆的人》、散文《梦游桃花洞》、创作谈《从头学》《我的小井》《伟大的背良心》《难在于发现》等作品相继发表。

短篇小说《满票》选入上海文艺出版社出版的《1985年全国短篇小说佳作集》；短篇小说《乡醉》选入人民文学出版社出版的《1986 年短篇小说选》。

1987 年 …… 5 月，当选为西峡县八届人大常委会副主任。

9 月 22 日—24 日，河南省作家协会、河南省文联创作研究室在郑州联合召开"乔典运创作研讨会"。 省内外作家、评论家、文艺报刊编辑共四十余人出席了会议。 与会者一致肯定了乔典运对新时期文学的独特贡献，认为"乔典运蛰居山乡，披阅人世，艰难困苦，笔耕不辍"，"深入生活的老井之中，不断调整自己的生活观念和文学观念，创作出具有鲜明时代意识的作品"，是"继鲁迅先生之后对国民精神劣根性进行有力鞭笞的作家之一"，是"半个农民哲学家加半个农民心理学家"，其作品"曲尽幽隐、以小见大，透射出大时代的批判精神"，并称他的创作呈"井喷"之势，可谓文学界"乔典运现象"。

10 月，参加河南省作家协会组织的河南作家代表团，赴上海参加沪豫作家创作交流活动，历时半月。

11 月，当选为河南省七届人大代表。

短篇小说《美妻》在《上海文学》第 4 期发表；短篇小说《冷惊》《山妖》《女儿血》在《奔流》第 7 期发表，《冷惊》获得第三届奔流佳作奖，《小说选刊》第 9 期、《新华文摘》第 11 期转载；短篇小说《凶手》在《洛神》第 7 期发表；散文《砸笔》《长命百岁》《笑脸常开》、创作谈《走深入生活的路》《坐井观天，坐天观井》《想起"狼来了"——关于〈笑城〉的通信》等作品相继发表。

短篇小说《冷惊》选入人民文学出版社出版的《1987 年短篇小说选》。

1988 年 …… 4 月，短篇小说《满票》获得第八届全国优秀短篇小说奖。《满票》在十九篇获奖作品中位列第三。

中篇小说《定时炸弹之谜》在《莽原》第 4 期发表；短篇小说《疤瘌》在《北京文学》第 5 期发表；中篇小说《黑洞》在《当代作家》第 6 期发表；短篇小说《换笑》《换病》在《奔流》第 6 期发表；短篇小说《挽联》在《青年作家》第 8 期发表；短篇小说《没事》在《上海文学》第 9 期发表；短篇小说《欢天喜地》在《鸭绿江》第 11 期发表；短篇小说《香》、散文《岁首的话》《〈康熙大帝〉和书记》《这片肥土》等作品相继发表。

著名文学评论家刘思谦在《文艺报》发表评论《农民灵魂的深层挖掘——读乔典运的小说》；著名文学评论家孙荪在《人民日报》发表评论《壶里乾坤大》、在

《创作评谭》发表评论《论乔典运现象》、在《文艺百家报》发表评论《小井中的大千世界》；著名文学评论家王鸿生在《上海文学》发表评论《乔典运和他的文化寓言》。

短篇小说《满票》选入作家出版社出版的《1985—1986 全国优秀短篇小说评选获奖作品集》。

1989 年 ······ 8 月，参加河南省作家协会举办的信阳鸡公山笔会。

10 月，参加南阳日报社举办的淅川笔会。

短篇小说《遗风》在《洛神》第 3 期发表，《小说月报》第 3 期转载；散文《莫忘了自己》《黑发，白发》《从文化心态说起》《香严寺，快了！ 到了！》、创作谈《没洞的洞》《又抄一篇》等作品相继发表。

中篇小说《黑洞》被《中篇小说选刊》第 5 期转载；中篇小说《你不该这样》(原名《定时炸弹之谜》) 被《中篇小说选刊》第 6 期转载，后改编为电影剧本，被峨眉电影制片厂采用。

短篇小说集《美人泪》由黄河文艺出版社出版，获得"河南省优秀图书奖"。

同年，被中共南阳地委、南阳地区行署命名为第一届"南阳地区专业技术拔尖人才"。

1990 年 ······ 4 月，当选为西峡县九届人大常委会副主任。

8 月，参加南阳日报社举办的内乡笔会。

短篇小说《大喜》在《莽原》第 2 期发表；短篇小说《一块金表》在《故事家》第 6 期发表；中篇小说《香与香》在《河北文学》第 9 期发表；散文《这

山，这人》《南阳人》、创作谈《乱弹一通》《创作与
生活》《这条路》《燃烧创作激情，不负人民众望》、
序跋《西峡，在哪里》《南阳人》等作品相继发表。

1991年 ······ 8月，赴太原参加晋冀豫三省文学笔会；笔会结束后
受《长城》杂志社邀请，在河北石家庄创作两月余。

12月，被评为文学创作一级；在郑州参加河南省作家
协会第二次代表大会，当选为河南省作家协会副主
席、常务理事。

散文《耳朵》、创作谈《生活笑了》等作品发表；中
篇小说《香与香》被《中篇小说选刊》第1期、《作品
与争鸣》第1期转载。

同年，获得"河南省优秀专家"称号。

1992年 ······ 5月，短篇小说《满票》获得河南省人民政府颁发的
"河南省首届文学艺术优秀成果奖"。

10月，随中国作家代表团访问朝鲜，历时半月。

中篇小说《多了一笑》在《长城》第1期发表，《中篇
小说选刊》第3期转载；中篇小说《小城今天有话
说》在《莽原》第2期发表，获莽原文学奖，《中篇小
说选刊》第5期转载；短篇小说《补缺》在《故事
家》第2期发表；短篇小说《问天》在《北京文学》
第10期发表，获得《北京文学》小说大奖赛优秀作品
奖；短篇小说《钱》在《山西文学》第10期发表；散
文《妈妈》《争爱》《忘不了那个漆黑的夜》《小草》、
创作谈《活水长流》《互助组》《小城今天没话说》等
作品相继发表。

著名文学评论家雷达在《人民日报》发表评论《说〈问天〉》。

短篇小说《问天》选入上海文艺出版社出版的《1992年全国短篇小说佳作集》；中篇小说《香与香》选入农村读物出版社出版的《'92 中国小说精萃》。

同年，被国务院授予"国家有突出贡献专家"称号，享受政府特殊津贴。

1993 年 …… 2月，当选为河南省八届人大代表。

6月，参加南阳日报社举办的内乡笔会。

8月，自传体小说《别无选择》开始在《南阳晚报》连载；陪同珠江电影制片厂导演刘欣参观内乡县衙，并题词"莫怪说古论今，何不古为今用"。

8月21日—26日，参与主办"全国文学创作西峡笔会"，来自全国各地的作家、诗人、评论家七十余人相聚西峡。

9月，应珠江电影制片厂之约，改编中篇小说《小城今天有话说》为电影剧本。

短篇小说《争祖宗》在《故事家》第9期发表；散文《想》《天赐》《魂归五龙潭》、创作谈《没有一二三》《感觉不良》等作品相继发表。

短篇小说《问天》被《文学世界》第1期、《新华文摘》第3期、《小说月报》第3期转载，获得《小说月报》第六届百花奖。

著名文学评论家雷达在《文学世界》第1期发表评论《民主何以难坏了三爷——读乔典运的〈问天〉》。

文艺评论家李连泰在《文学报》发表评论《伏牛山民魂》。

由河南省委组织部、西峡县委组织部联合拍摄了以乔典运创作为题材的专题片《民魂》。

1994年 …… 3月，《声屏周报》邀请南阳文艺界作家、评论家、编辑、记者召开乔典运创作座谈会。

8月，检查出喉癌。

小说《女人和网》在《新生界》第1期发表，获得年度优秀作品奖；散文《好人兰建堂》《伪祸》、创作谈《从小说到故事》等作品相继发表。

著名文艺评论家刘思谦在《当代作家评论》第1期发表评论文章《乔典运：随时提醒自己不要忘记》。

小说集《问天》由中原农民出版社出版。

1995年 …… 检查出肺癌。 进行手术，放疗、化疗，与癌症抗争。

4月，南阳撤地区设市后召开南阳文联第一次会议，再次当选为南阳市文联副主席、南阳市作协主席。

5月，参加南阳日报社举办的"文学与时代"笔会。

7月，中央电视台《夕阳红》节目到西峡，为期两周跟踪采访，拍摄专题片《特色老人——农民作家乔典运》，在中央电视台一套节目黄金时间播出。

9月，中国作家协会、中华文学基金会派代表到西峡家中慰问。

继续写作自传体小说《别无选择》；《郑州晚报》《河南日报》相继转载。

散文《独特的发现》《圆了的梦》《一点倡议》等作品

发表。

1996 年 ……　检查出淋巴癌。 进行手术，继续与癌症抗争。

散文《友情战胜癌症》《自祭》《看山》《书祸》《我的影子》、《金斗纪事》后记相继发表或完成。

当选为中国作家协会第五次全国代表大会代表，因病未能参加会议。

1997 年 ……　1 月 17 日，南阳市委宣传部、市文联、市作协联合举办《别无选择》座谈会。 乔典运因病重缺席会议，在病床上写信致谢："亲爱的朋友们，谢谢大家！ 大家又一次伸出了温暖的手，用这种形式来给我注入生的希望，给我活下去的信心和力量，对朋友们的良苦用心我心领了，除了感激感谢，我一定不辜负大家的期望，努力和病魔做斗争，争取回到大家中间。 多年来，承蒙大家厚爱，使我感受到了人间的真情、朋友的可贵，在友情的浸泡中减少无数痛苦，每每想到大家，我就决心活下去，以谢大家。 回想我这一生无才无德，对大家的知遇之恩无力回报万一，夜深人静每每想起深感不安，我这一生是欠账最多的人，深感对不起大家，只有在内心深处向大家负荆请罪了。 我一定活下去，只有用生来感谢朋友的厚爱了。"

2 月 14 日（农历正月初八），因病在西峡去世。 按照生前遗愿，葬于家乡的黄土岗上。

4 月，自传体小说《别无选择》在《南阳晚报》连载到 120 期结束。

自传体小说《别无选择》在《莽原》第 5 期发表。

长篇小说《金斗纪事》由漓江出版社出版。

1998 年 ······ 自传体小说《别无选择》被《中篇小说选刊》第 1 期
转载；改名《命运》，由华艺出版社出版。

《乔典运小说自选集》由河南文艺出版社出版。

2004 年 ······ 《乔典运作品选》由大众文艺出版社出版。

2016 年 ······ 六卷本《乔典运文集》由河南人民出版社出版。

2022 年 ······ 散文集《我的小井》由河南文艺出版社出版。

2025 年 ······ 七卷本《乔典运全集》由河南文艺出版社出版。